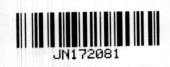

六輔 五・七・五

永六輔

岩波書店

目次

装丁＝桂川　潤

イラスト＝著者

協力＝東京やなぎ句会
話の特集句会

第一章

昭和四十四年〜昭和五十五年

昭和四十四年＝一九六九年

一月

煮凝をいれてみようと姫初め

元旦に別ればなしの老夫婦

この花が水仙ですかと徳三郎

寒月や電光ニュースはアポロ号

ゲバ棒や三四郎池の水すまし

二月

ほつれ毛にしずくキラリと春の雪

ジェット機は街に墜ちたり麦を踏む

老梅の今年は咲かず朽ち果てぬ

三月

おどろくないまわのきわの朝寝なり

十二時の時報を聞いてまた不貞寝

ポマードの香りも高し茶人帽

四月

干からびたおたまじゃくしやアスファルト

もの悲し養老院のしゃぼん玉

三周忌墓やっと建て春惜む

五月

母の股間まじかにみて湯灌する

愚かしき母涙するカーネーション

汐干狩学童疎開の村近し

風止んでネギの青さと冷奴

六月

指先で毛虫つぶす子母なくて

毛虫つぶれ淡い緑の汁になり

ひやむぎの中のさくらんぼ嫌いなり

並木橋次は終点渋谷です

浮草や四十半ばのストリッパー

七月

痩猫の蝙蝠咬え墓地をゆく

蝙蝠の啼く声聞かずされど啼く

湯上りの裸身なれども老いを知る

敗戦の日以来南瓜嫌いなり

稲妻に一瞬浴衣の胸あわせ

八月

蟻五匹さねに乗せたり夏の夜

草いきれむせかえりやがて夕立

九月

さんま裏返してとりとめのない愚痴つづく

さんま焼く煙なきを文化というか

サウナとてスカンジナビアの銭湯なり

みの虫よお前自分でゆらすのか

秋七草フラワーショップのマダムあでやか

十月 〈武州吟行・平林寺〉

千疋屋ざくろの奴め照れており

ざくろ裂けわれ淫靡なり淫靡なり

野火止めややっとの思いの赤とんぼ

どんぐりを踏みつぶしつつ平林寺

水たまり落葉どんぐりからすうり

十一月

時雨から氷雨にかわる夜寒かな

本牧亭時雨もどきの下足札

チャヂャンカと初めて花の名おぼえたり

山茶花や華道教授の主婦ありて

このところ噂だけなり酉の市

ジングルベル口ずさみつつ熊手売り

七五三思い出の無き三十代

十二月〈浜松吟行〉

遠い咳近い咳あり寝台車

つくねんと何故俺に似る石地蔵

咳ひとつ杉木立抜け半僧坊

笹の雪落ちる音あり天竜寺

上野駅帰る気もなし故郷《くに》もなし

昭和四十五年＝一九七〇年

一月

万博の会場氷柱《つらら》の中にあり

地凍り恐る恐るの寒雀

焼芋も電子レンジは三十秒

パンタロン家出娘の里帰り

二月

千社札貼る手も老いておぼつかず

干からびた油揚ふわり春一番

梅園に鶯笛売る渡世人

事終えて汗ばみし肌春近し

五月

田楽の味噌にさやかな若葉あり

若葉とはお前のことかと指名やめ

五月雨に夏の香りをかぐごとく

鳩居堂ふとあてもなき墨を買い

ふじだなのしたはなかげにくちづけす

単衣《ひとえ》の衿くずすあたりに初夏

蟻・・・・・・・・・・・・・・ちゃんと一列

六月〈浅草・最尊寺〉

地下足袋に黴あり山谷涙橋

黴のごと四十路をすぎて黴のごと

枇杷ひとつ墓前に供う親不孝

ぼうふらめ口惜しかったら飛んでみろ

木馬館安来へ帰る娘あり

七月

青リンゴ点になって海に落ちた

八月

秋暑し明日の汽車に乗ろうかな

山の湯の老妓カンナの裾模様

飢えて死し墓前に古米のにぎりめし

蟬しぐれ終戦の日の疎開先

九月

ピカッと光った鰯　焼きあがる

目刺しの目落ちくぼんで藁強し

幕間にふと電話する秋の恋

追分の油屋の窓そばの花

月を斬るジェット機ありて基地近く

碧眼の年老いてなおゲリラかな

十月　〈信濃路吟行〉追分・油屋旅館

秋の雨御宿油屋閑散と

野菊ゆれ阿波屋は廃業して五年

メラメラと野菊も燃えて山の肌

お上人色香ゆたかに数珠さげて

つつましくきのこも添えて山の宿

赤とんぼ芭蕉句碑をば読むごとく

十一月

阿国あり出雲そばあり神無月

午前二時泣くな木枯歯がうずく

大根をおろす子の指恐しく

十二月

河豚提燈破けて雪がキラキラ

湯たんぽ冷えた布団が重い

菊枯れて三島由紀夫の野辺送り

初めての雪頬にとけ涙ぐむ

ひとつかみ薬味の葱やどぜう鍋

昭和四十六年＝一九七一年

一月

寒椿落ちてなお雪に咲く

寒椿落ちて別れる決心

水餅五徳にねばってちっちっち

風花が優しくまつ毛にとまった

鶯を持つ指に息を吐きかける

二月

冴えかえるジェラルミンの楯新空港

冴えかえる月冴えかえる新空港

蜆売る老婆の首に定期券

都電軋んで池の端の夜明け

蜆売る老婆来なくなってしまった

三月

蒲公英がなびいてジャンボ着陸す
タンポポ咲いたサーカスが来た
低すぎて腹をすりむく燕かな
菜の花か遥か黄色い地平線

四月

花びらを助六蛇の目に折りたたみ
唇に桜ひとひらくちづけす
エプロンに喪服の裾や通夜の女《ひと》
寝とぼけた蛙四月のなまあくび
大人になってもまだ草笛がならない
柏の葉小さく折りたたんで御馳走様

五月〈関西吟行〉

大阪・天山閣／京都・寺田屋／安土・弁天堂

鯉のぼりその下はるか通天閣

サックリと縦に切った筍の爽やかさ
梅干の紅淡く筍の皮
大地割り粛然として筍あり
夏場所の噂も遠き京の宿
無線タクシー五月の弁天堂に走る
青嵐安土の手桶に芝居茶屋
節くれだった手が新茶飲む

六月

冷凍を溶かして(は)の初鰹
山肌に溢れいでたり栗の花
青々と備後表に新枕
パッと散ってあ、めだかかと見定める
めだかとうとう一匹になってしまった

七月〈城ケ島吟行〉

夕焼けに一瞬朱い波しぶき
漁船から日傘が降りてきて午後

日傘が西瓜をぶらさげてゆく
日傘二ツ橋を渡って城ケ島

八月

芭蕉の葉ゆらいで突然の逆光
疲れた蜻蛉が胸にとまった
何処へ行くのか僕もとんぼも
新喜劇楽日も近し秋扇

九月

枕辺に「病牀六尺」秋深く
変哲忌などとつぶやく秋の夜
雨音変る蛇の目の中から秋の庭
無言のまま萩トンネルを老夫婦
萩トンネル雨走り来て走り去る
なつかしき受話器の声や秋の夜

十月

マロングラッセ手に新しき妾宅へ
深爪で甘皮をむく痛みかな
龍胆の帯花嫁は三十路にて
稲刈を済ませて今年もジャルパック
新床の若妻の髪濡れてあり

十一月

〈甲州吟行〉橋倉鉱泉

なつかしき手の傷青写真のガラスで
仔猫青写真に寄り添う日向
湯上りのタオルも凍てて雪近し
街道を離れ婦人病に効く鉱泉
ふと雑炊をつくってみたくなる
老い先も短き女《ひと》のチャンチャンコ

十二月

老いてなおビンゴのホワイトクリスマス
２ＤＫケーキばかりのクリスマス
暦売り衿巻に首埋めたり

故郷を帰省列車であとにする

昭和四十七年＝一九七二年

一月

はるけくも二十八年ぶりの冬
風が歯にしみて唇噛みしめる
冷たさにアッと驚く春の水
かわらけに三角の海苔貼ってみる
床の間に布団を敷いてるイタリア人

二月

野焼きの煙がウロウロしている
野焼にて立小便の灰神楽
豆腐屋の水やわらかに春めきて
田楽の串の青さや南禅寺
娘、女となりて偉そうな面構え

三月

見上げても見上げても囀る姿なく

四月

蝶の翅破れて花も散って

ちょうちょうとてふてふが舞う午后の庭

葱坊主浮かんで冷えた味噌汁

風はらみなお風を呑む鯉のぼり

五月　〈秩父吟行〉柴原温泉・菅沼館

遠い祭りばやし老いた人形遣い

バトンに続いて神輿照れながら

吟行が行き交う船や梅雨の入り

夏草や羅漢の眠りさまたげて

廊下黒く光って隣の宿の灯

河鹿がだまって西武電車が

梅雨を待つ石仏享保以来なり

老婆の背に西日あたって同行二人

紫蘇の香が箸の先に残った

羅漢五百　吟行八人　野糞一ツ

紫の朝しらじらと茄子畠

六月

志ん生もなめくじも又なつかしく

緑蔭のカルピス氷の音がして

籐椅子も貴女も三十年経った

映画館並んで傘ひとつ梅雨の午後

七月

村長さん白靴はいて御外遊

喜寿近し田谷力三の白い靴

喜こんで喜こばれても淋しい

夏芝居㐂の字㐂の字の演舞場

八月

天の川を横切ったのはＢ52

烏賊を釣る漁火の群れ天の川

星の降る露のおりる中の二人

夜明け葉先に露が生まれた

生姜と罐ビールだけの差し向い

生姜カリカリ歯の白と葉の青と

耳をすませば虫の音とミュンヘン中継

赤とんぼ海と空とを縫って飛び

線香花火落ちて涙もひとしづく

九月

りんどう咲いたままショベルカーが

十月

〈吉野吟行〉吉野山・如意輪寺

貧相な野菊御陵の傍に

鹿せんべい一寸噛じってみたりして

つぶされても血の出ない秋の蚊

闇の中の古墳太古の秋

柿たわわ千疋屋で買ったら大変だ

十一月

水たまりひからびて落葉風に浮く
地下鉄のホームに落葉のふきだまり
最後の都電冬めく日の中に
知らないね芭蕉忌なんて知らないよ
赤い爪切って恋の終り
初雪雨になって坊や愕然とす

十二月

行く年や読み残した本そのままに
行く年や書かなかった日記帖又一冊
白菜一人分だけど漬けてみたの
湯ざめしたなと思う一瞬の悪感走る

昭和四十八年＝一九七三年

一月

温室で咲く寒菊のような奴
寒菊も小菊も売れない芸者なり
足跡をつけていったら雪だるま
白い世界に寒鴉の群静か
咳こんで寒菊ふるえて咳こんで

三月〈日立吟行〉

森羅万象春情に満ちて吾一人
陽炎の中から黄門様のお帰り
朝まだき陶工の手に水ぬるむ

四月

酒の相手今日は新茶の相手なり
新茶ですがと古いお茶を出してみる
仕付け糸抜いて薄暑の句会かな
踏切りがあがると回教寺院《モスク》の尖塔

五月

夜汽車明けやすき闇を押してゆく
新聞が売れ残った五月雨の駅
五月晴れなるもどこかから一粒
「忌中」と貼って業平邸は静かなり
蛇口ひねったまま水しぶきのさくらんぼ

六月

雷の音がして雨の匂いがして
銀の匙そえた水ようかんがふるえて
日除けの上で猫下で犬が昼寝
螢三匹田に消えて夜道頓挫す

八月

ほうせん花五百羅漢の花屛風
ほうせん花植物図鑑でも淋しい
虫売りだった人の暑い葬式

名月から円盤の宇宙人乗り替え

朝市に紅を添えたり唐辛子

秋暑し風の通らぬ古本屋

九月　〈博多吟行〉

放生会《ほうじょうえ》針の糸通シ器を買う男

橋の下くぐりぬけゆく鰯雲

とんぼ目玉の中の空を飛ぶ

掛水屋の裏を通って放生会

アッと声をだしたがたかが流れ星

十月

肌寒むや今日で銭湯店閉《じま》い

銀杏の実の落ちる音雨の音

手の平の胡桃カリカリ楽屋番

サイフォンの火を消した手で胡桃割り

喰い過ぎて横になってる稲雀

盃に紅葉浮かべて下戸の酒

老いの背に鷹はばたいて江戸火消し

十二月

初雪になりそびれた雨宿り

初雪の中を吾子が馳けてくる

ぶどう酒を南蛮屏風で飲みにけり

玉子酒飲んで吸殻から一服

寒鯉はねて氷と空気を割った

昭和四十九年＝一九七四年

一月

三吉が小春待ってる通天閣

腹をみせ並んだボート春を待つ

津軽まで氷下魚《こまい》嚙りつつ連絡船

入口の無い壁に沿いひと廻り

初電話酔った女のかけ違い

二月

春寒し裸祭りの声遠く

春寒や夜明け冷たい肩と肩

古備前に一輪花の名は菜

いざ弁慶行くか今宵は如月の

春の雨濡れて乾いて一人旅

白壁の影青みたり堀柳

三月 〈宮崎吟行〉

花曇目覚し時計の音遠く

盲人の見上げたままの花曇

慣れぬ酒右に左に春の月

草餅を噛りつ矢切の渡しまで

航跡の波青白く春の闇

校庭に老人と犬春休み

仔馬立ちあがって獣医煙草出す

土筆の向うに土筆より低い煙突

四月

生れてはみたけれど七十四度目の天長節
祖母ひとり更衣してさわやかに
部屋に風通せば藤の匂いかな

五月

大口をあけて一気に初鰹
ひょんなこと不仲の友と初鰹
おしまいの古茶の香りを探しつつ
鈴蘭の一輪づつに風わたり
目を閉じて耳にて聴かん五月闇
鯖一匹さげた老漁師船を降り
吹きぬける風が汗ふく初夏のシャツ

六月

ほととぎす我を忘れてホーホケキョ
指きりりと噛んで猫八のほととぎす

黄金虫の大邸宅にも油虫
若竹の葉ずれさやさや香る夜
亡き画家の紫陽花の絵や外は雨

七月

夫婦して祭りの後の店じまい
昼下りだあれもいない夜店かな
濡縁に松葉ぼたんや昼遊び
梅並べた筵の端のお茶一服
風通る道を選んで昼寝かな

八月

この梅酒こさえた老妓の三回忌

九月　〈越中吟行〉城端町・加賀屋

ジョナサンと名乗る雁ありこの秋は
円盤つらなって雁を横切る
別院の灯消えてにわかに虫すだき

すすきの道なりに抜けて五箇山へ
桃に指の跡残して女去る

十月

手の荒れが似合わない毛糸編む
毛糸編む男娼も激動の50年
吊し柿さげてそのまま汽車に乗り
封筒からハラリと紅葉秋便り
肌寒の夜や紅茶にウイスキー

十一月

〈名古屋吟行〉つるしげ

夕闇をわけて海苔採る船帰る
ただ新米海苔だけの幸福《しあわせ》
紅葉静か見知らぬ人ありて如庵
冬日和聖ヨハネの屋根光り
捨て猫が欠伸している冬日和

十二月

霙《みぞれ》の中から霙の中へ夜汽車

嘘をついて霙の中を戻る

「湯たんぽはあります」と書いてある宿に着く

今日からアルミサッシュの窓冬の山

踏切りの鐘の音数える年の内

昭和五十年＝一九七五年

一月

初氷妻の指先きでキラキラ

初芝居桟敷は河豚の噂かな

初釜や家元人形の如き笑み

傘をすぼめて寒の雨を突っ切る

しめた！　厄が落ちた音が聞こえた

二月

雪どけの道にとぼとぼ雪男

わらじ干されて雪どけの瞽女の宿

電話の向うで春の風邪の声
音もなく降る雪の音のする夜
そこだけが暖かいのか猫五匹
生まれ育った土地の下を地下鉄で

三月

馬の魔羅ゆれて虻ども右往左往
おぼろ月手をつないでみる老夫婦
この闇のどこに咲くのか沈丁花
桜咲く町から転勤散る町へ

四月

炭火くづれて壺焼の灰神楽
壺焼の汁だけ飲んでるアメリカ人
特攻の息子の写真と武者人形
チューリップ咲き乱れてや三銃士
孔雀羽根をひろげ春雨の中
軒先の粽をくぐる花かんざし

京都の土を落として筍御飯

五月　〈横浜吟行〉中華街・海員閣

耳の奥に棲んでる私の閑古鳥

げんのしょうこの土瓶落して初老の感

在りし日の荷風の噂水見舞

六月の画廊静かな雨やどり

訃報あいついで梅雨の入り

六月　〈美濃路吟行〉郡上八幡・おもだか家

連判状の如くつらなり美濃の鮎

土蔵の角を曲って又疎水の町

味噌を焼く香　万緑の旧街道

子供が走る　水が走る　鮎が走る

咄聞く背中に蛙安養寺

七月

日盛りをこれも時勢と諦めて

網戸のほころびから坊やおいでおいで

アッ踏まれなかった！　よかったなァ雨蛙

奈落から涼しき風や村芝居

左からビールと書いてある店で飲む

八月

虫歯いたむ兆ありて秋立ちぬ

長袖を通せばかすかな秋立ちぬ

ほうずきが鳴る入れ歯も鳴る

盆踊り終りそびれて朝まだき

ガラス戸の向うに夜風こちらに風鈴

九月

アッ流星という声だけの闇

十一月

謝りたいと思っている内に冬めく

カルテ貼り冬めく朝の胃の重き

停年に銀杏落葉の幕降りる

鴨叩く音静かなり鍋を待つ

卓袱《ちゃぶ》台《だい》に麦飯とろろ置手紙

十二月　〈信濃吟行〉追分・油屋旅館

ワインふくんでさてどの牡蠣食おう

牡蠣鍋ぐつぐつ愚痴もぶつぶつ

夕焼けの中仙道を空ッ風

耳の遠い老婆が迎える冬の宿

油屋の凍てた廊下を湯殿まで

昭和五十一年＝一九七六年

一月

無頼破滅ななくさなづな遠い人

食卓に鉢植の七草白き粥

枯芝や青みを秘めてなお秘めて

備長とどいて長火鉢　寄席火鉢

開け放ち弾初　寒気満ちいたり

二月　〈京都吟行〉祇園・菊梅

日足伸ぶ猫ののびのびとのんびりと
日足伸び又日足伸び京の宿
鍋の火を弱めて寒し祇園町
寒風に曾我廼家十吾の如く行く
京なれや三条みすや針針供養

三月

接ぎ木芽ぶいていいことあるかな？
病院の庭接ぎ木に又接ぎ木
やどかりの宿琺瑯の洗面器
春の暮吾等のテナーの通夜の列
北窓を開いてすぐまた閉じる午後

四月　〈高崎吟行〉安中・上州八景苑

風光る庚申塚や上州路

風光る石段の先観音堂

中仙道朝寝ときめこむ宿をとる

葉桜や墨染めの人足早に

つみ草の籠ありて行く普茶料理

五月

月と雲棕櫚の花影の中で寝る

外灯ともり棕櫚の花もともる

ビル鋭く新宿西口明け易し

腋の下にタオルをはさむ暑さかな

氷音をたて夏めく珈琲カップ

六月

代々木から原宿あたり梅雨晴れ間

梅雨に光る小便小僧浜松町

夏至と知ってますます長き不快

嘘にでも一家円満にするキャムプ

物干竿雨の雫と天道虫

黴の香の枕や漢和大辞典

梅雨晴れ間女一人で越してくる

七月

朝曇りあなた起きるの起きないの

朝曇歯ブラシくわえたままお早よう

清水湧く谷から雲も湧いてきて

枝豆の皮嚙んでみる塩の味

鮎の串だけ人がいていろりばた

仕立ておろしの浴衣にキュッと祖父の帯

八月

水平線ひたと動かず土用波

爪先きでスリッパ探す秋の客

法師蟬の啼き真似しながら帰宅する

新涼の赤坂薩摩切子展

甲子園一分黙禱第一球

九月

黒い影赤い草の実夕月夜
突然の寂寞の中夕月夜
秋の雨水たまりの灯松本楼
梨ひとつもう三日目の冷蔵庫
燕帰るじゃァない出かけるのだ
『秋祭候補予定者ご挨拶』

十一月

寄せ鍋のにぎやかな具や我ひとり
冷えこんだ便所の窓の花ハッチ
ストーブの腹赤々と北の駅
雨があがっておや今度は雪

十二月

忘年会後に退けない喧嘩する
忘年会ぐれてすねてる奴も来た

雪もよい易者自分の相を観る

葉牡丹をきざんでカツに添えてみる

湯ざめして今こそ風邪を引く瞬間！

冬の芽の幼なく鋭く優しくて

昭和五十二年＝一九七七年

一月

冬の月背中に笑う吸血鬼

わが屋根も満更でなし冬の月

濃く薄く三寒四温の白い息

雪浮かべ一寸気障なる茶碗酒

ヤクルトを配る女のスキー帽

まづ喰って飢えた世代の初句会

二月

紅梅こぼれて茶室の夕暮れ

紅梅に凶のみくじの似合いけり

山肌の春灯ちらちら降る如く

変り雛ならんでそこは嘘寒き

落ちた子の帰る頃なり歌うたう

花の香も凍って今朝の春寒し

三月

〈池田吟行〉伏尾・不死王閣

啼かぬなら啼かしてみよう鶯餅

陰毛もゆらいで春めく伏尾の湯

濡れ手ぬぐい下げて春めく風の中

四月馬鹿淋し自分に嘘をつく

四月

プツンプツンと音がしてほたるいか噛む

新世帯小皿に二つほたるいか

春光を含んで葉先のひとしずく

動き出す乞食の背中花の雨

老教師指おり数える入学式

五月

さわやかな五月の風の催涙弾
着流しの五月の芸人広小路
色あせた牡丹の色紙章太郎

六月

移り香を残して今朝の夏のれん
止むを得ず裏切った夜の灯取虫
茂る葉にくすぐられてか地蔵笑む
逃げまどう蟻の行手に雹《ひょう》跳ねる
昼顔を踏みにじりつつ泣いてる子

七月

ハンカチを振っていながら照れている
ハンカチの上からパナマ九段坂
打水をよけて老妓の艶っぽく
箱庭の滝を小指でせきとめた

八月

ひまわりにくちづけをしててれている

闇の中でひまわりひそと語りあう

十六夜の月をめがけて世界新

蛇口ひねって秋を手に受ける

百回目　百足指折り数えてる

九月

マッチの軸楊枝がわりの夜食かな

コスモスの中に野仏おわします

十月

破れ蓮の池のまわりを松葉杖

銀杏の実芭蕉の碑御堂筋

豊年や一揆の墓のにぎりめし

小鳥来る三十代の終りの日

十一月

漬物の樽の底にも冬日和

寒々と暖房完備「黄金荘」

地球儀にカンボジヤ探す冬至かな

夜も更けてひたひたひた霜のおりる音

十二月

玉子酒つくる気配を遠くきく

一緒なら銀婚式なり玉子酒

東武電車見上げる者なし都鳥

又訃報明日は我身か年用意

白い手で舞妓小さな日記買う

昭和五十三年＝一九七八年

一月

元日や噺家の手ぬぐいで雨はらう

元日に調子あわせる恥かしさ

獅子舞やインターフォンに吠えており

舞う獅子の鼻息酒の匂いがし

冬ざれの車窓学童疎開の地

馴染みなり女将の部屋の初句会

着ぶくれて一人離れてラグビー場

二月　〈諏訪吟行〉下諏訪・みなとや旅館

わかさぎと競って古き藍の皿

凍てついた旧街道の下駄の音

屋根瓦一枚づつの春の雪

ひとつまたひとつ椿の落ちる音

三月

動かない風車も風車売る人も

あの日からいろいろあって風車売り

わさび沢歌声のせて香る風

暮れかねて太陽行きつ戻りつし

片目閉じ目刺の目からテレビみる

生欠伸噛み殺している春炬燵

四月

股ぐらに仔猫はさんで昼寝かな

手の平の小さな生命ニャオと啼く

茶の花やお軽勘平の笑い声

男娼も足取り軽く春の風

赤坂や老舗この春限りとか

五月

老いた手のひびに一筋繭光る

一筋の糸吐き終り繭の中

建前の粽天から降ってくる

花よりも幹に似たる吾悲し藤の棚

汗ばんで濡れて乾いて夏めいて

六月

浅草の道問う人や溝さらえ
香水も男も替えて酔っている
その中に夕陽が沈む釣りしのぶ

八月

稲の花あなたの三十三回忌
稲の花又知られずに咲き終り
柔らかい足触れたまま熱帯夜
寝苦しき八月三十三回忌
南瓜描き仲良きことはと書いてみる

九月

ステレオで大津絵節きく志ん生忌
志ん生を酒の肴に飲む夜なり
野菊をかざして雲に飾って
秋風が似合う女が通り過ぎ
沙魚《はぜ》をつる眼帯の人ひとり言

十月

仔鹿から鹿となる日の声高く
鹿の目と合わないように角を切る
肌寒むや老父送りて帰る道
夕映えの空を区切って障子貼る
見送れば親父の背中冬近し

十一月

ゆるゆると湯船に沈む初冬かな
鯉　微動だもせず冬の初めなり
吐く息が白く残りて火事見舞
買ったまま手も触れぬまま古暦
白き肌黒き根ねぎの色っぽさ

十二月

注連かざり売る声咳にむせながら
注連かざり売る人妖しき面構え

切餅を三切れほど買う男あり
中空に鐘の音凍てついて厳寒
百八ツと数え終って湯を出たり

昭和五十四年＝一九七九年

一月

煮凝出来てる。あの人来ない
達筆で煮凝と書き店開き
北風の年輪数えて箸を割る
木枯らしや菊人形に花一輪
新築とみて獅子の舞にぎやかに

三月

梅干の色香移りて白子干
しらすぼし醤油のしみてゆく速さ
木瓜の花都知事候補の声去って
麗かに乳房のゆれて走りおり

大往生できて朝寝の夢の中

四月

焦点の定まらぬまま蝶をみる
何度数え直しても八十八夜かな
のどかさや東風吹く先の馬の耳
春愁という衿足の佳人あり
病欠の理由に気障な花疲れ

五月

はばたいて又小さくなる雀の子
雀の子そこのけそこのけ一茶が通る
石佛の敷きたまうごと花薊
青葉から青葉をわたる風の中
短か夜や電話待とうかかけようか

六月

梅雨雲をぬけて眼下の滑走路

白靴を並べる女将の衿の老い
種ひとつほついては愚痴る西瓜かな
濠端をまわって帰る夏芝居
単衣きて小さき踵の愛らしく
連れだって県境越える沢の蟹
なが〱と夏至という日の待ち呆け

七月

別院のお虫干しとて拝観す
立ち上り弁慶のごと蟹怒る
ギョッとする赤さ大きさ夏の月
病の重さメロンの数で知る

八月

花火師の火筒はじけて修羅のごと
花火師の空を向くひま無きままに
しなしなと入道雲の腰くだけ
指先きで湯上りのごときぬかつぎ

九月

車椅子遠くになりて秋の雨

名乗らずにただ秋の雨聴きながら

待っていた白磁の皿に秋の茄子

地を這って霧膝元を流れけり

コスモスや戦災孤児の髪飾り

日展に行くのをやめて本牧亭

ワイパーの動きにあわせ秋の雨

十一月

酉の市去年の願をもう一度

酉の市馳けぬけてゆく猫と犬

濁り酒呑み干してなお空を呑む

神々の吐く息白くにごり酒

背中向けもみじ散らした帯を解く

紅葉の宇宙宏大いろは坂

十二月

竹ぼうき持って煙と立っている
水かけてたきびの匂いも失せにけり
羽根を追う玉三郎の絶間姫
太陽《ひ》の匂い残った外套を脱ぐ
大掃除する気もやめる気もなくて
手の平に黄味の重みや寒卵

昭和五十五年＝一九八〇年

一月

いざ起きん大寒ここに極まる日
大寒の空気ゆるがせてスクラム
道交法違反という名の冬日向
受けもせで名もなき漫才水っぱな
スケートをつけて幼時へすべりこむ
松過ぎて忌中の家の笑い声

おずおずと年賀に来たのがスパイだった

二月

ＰＴＡあなたもですか春の風邪

三月

夕焼の中で柳の燃えている

芽ぶいた緑も水に映って柳

春泥や邪馬台国へ白い杖

ステッキに白く乾いた春の泥

長閑なり昭和一桁生あくび

弥次さんを待つ間峠の茶飯かな

四月

菜の花左右に別れて小犬が出てきた

菜の花ゆらいで水車もゴットン

蓴《ぬなわ》生う水面に発破の音響く

羊毛を切って牧童わらび狩り

寄居虫《やどかり》の化石や博物館の午後

小犬尾を振る杏の花が散る。

五月

これはこれは、新茶ですかと一人言

六月　〈箱根吟行〉明神平・たんげ

箸の青さにじんで冷麦に

「ひやむぎ」と幼き書体の店に来て

網戸の蛾　彼方の闇は明神平

一瞬のあじさいをみて湯元着

青葉映す湯の中にあり昼下り

夕凪の桟橋巨船のっそりと

アルバムの若き母なり夏館

七月

もう泳ぐこともない水着片づける

数億の精子の中で泳ぎ勝つ

これ以上は赤くならないトマト喰う
仕事捨て吾夏山に行かんとす
水落ちる桶の底からラムネ瓶

八月

夜の色に包まれ、夕顔消えた
夕顔やはじらってかつはにかんで
隅の一閃、葉先の露のこぼれけり
秋鯖を前に包丁砥ぎ終り
松坂屋次は屋上虫売り場
動かない牛の背中の野分かな

九月

亡き友の名前つらねて秋彼岸
賑やかな噺家逝きて秋彼岸
秋冷の中湯上りの素ッ裸
床の間の遺品の櫛にこぼれ萩
こぼれ萩そのままの靴を脱ぎ

柿ひとつ青磁の皿に居を定め

十月

ゆく秋や踏切の鐘鳴りやまず

ゆく秋と都電に乗って早稲田まで

こつ然と雲吹きちぎれ十夜なり

茶の花と教える人あり我関せず

凶作の村の祭や神無月

十一月

これ以上丸くはなれまい冬の鳥

ことさらにバサバサと飛ぶ冬の鳥

鈍行の前の席から蜜柑かな

波の音湯豆腐の音風の音

野犬枯草を追って走る

ピリピリとわが指先の寒波かな

山神楽親子三代舞い納め

十二月

アラみぞれと電話の声が途切れたり

衿足でみぞれになったことを知り

奥伊豆や餅をつく日の宿にあり

少しづつ少しづつ動いて日向ぼこ

世直しの噂もなくて辛酉《かのととり》

やなぎ句会の中で

「(前略)ベース、ボールは十八人を要し　随て戦争の烈しきことローン、テニスの比にあらず　二町四方の間は弾丸は縦横無尽に飛びめぐり　攻め手はこれにつれて戦場を馳せまはり防ぎ手は弾丸を受けて投げ返し　おつかけなどし(中略)ベース、ボール程愉快にてみちたる戦争は他になかるべし　ベース、ボールは総て九の数にて組み立てたるものにて　人数も九人宛に分ち　勝負も九度とし……(後略)」

妙な文書だが正岡子規が野球を解説しているのである。

城井睦夫『正岡子規　ベースボールに賭けたその生涯』(紅書房)から引用したのだが、この本には「野球」という言葉を作ったのは正岡子規ではないとも書いている。

僕の知っていた正岡子規はゴロッと横になって喀血に苦しむというイメージだが、本書で野球のユニフォームを着てバットを構えた闘志満々の写真を見て驚いてしまった。

実は僕がプロ野球に正岡子規賞をつくれと運動したのが三十年前。

それというのも、父から聞いてベースボールの訳に「野球」という言葉を造ったのは子規だと信じこんでいたからである。

五・七・五と言葉をそぎ落して作る俳句と同じように、無駄のない、一切余計なことをしない野球選手。

三十年前だと阪神の三宅三塁手がそうだった。

その三宅に正岡子規賞というのが夢だった。

当時の巨人軍の長嶋三塁手は三宅と正反対の、派手な、余計な動きの多い、とても俳句には縁遠いタイプだった。

そんなことがあって、この運動を続けるには俳句の心得も必要だと思った時に、悪友仲間のやなぎ句会が始まったのである。

そして「野球」が正岡子規の造語ではなかったということもわかって俳句会だけが残った。

ひょんなことで俳句を始めたことで、作詞家だった僕は、その作詞をやめることにもなった。

言葉を五・七・五、十七文字にけずることを始めたら、作詞も俳句になってしまうのである。

中村八大、いずみたくという秀れた作曲家に恵まれていた環境なのに、その二人に作詞をやめることを宣言。

大きな収入源を失なうことになったが、句会の仲間という財産が出来て三十年。

今度は、その仲間が減りつつあることが辛い時期になった。

そして、作詞は著作権収入があったが、俳句は収入とはつながらない。

遊びなんだから自腹を切って当り前という考え方もあるが、僕は公開句会を考え、「やなぎ句会」の下部組織として「やなぎエンタープライズ」を設立。

メムバー全員で、今なら落語（米朝・小三治・扇橋）漫談（小沢昭一・加藤武）講演（大西信行・矢野誠一・永井啓夫）司会が僕で、芭蕉もやった「俳句興行」を復活。

これで収入源を確保した。吟行を兼ねて、各地に遊び、最近では三越劇場での興行も恒例になった。

やなぎ句会に海外吟行が多いのは、このエンタープライズの資金がものをいうからだ。

それでいて、この句会には、結社だったら必ずつくる句誌がない。

永井先生が手製で印刷して下さる前月の記録があるだけである。

その記録すら、完全に管理していたのが故・江国滋さんだけだった。

他に故人になったのは神吉拓郎さん、三田純市さん。

そういうわけで僕はやなぎ句会の一員でありながら、エンタープライズの専任で、俳句なんかどうでもいいのだ。

これでは三十年のキャリアがあっても上達するわけがない。

くどいようだが大切なのは「おつきあい」であって「作句」ではないという姿勢を貫いてきたのである。

野球の正岡子規賞は夢まぼろし。

作詞家も廃業。

こうなったら「俳諧」の「諧」の方にこだわって遊んでやろうというつもり。

諧　なごやかに　たわむれる。

これでこそ「夏炉冬扇」文句あるかという心境なのだ。

あとの楽しみは折角の寺の子なのだから、句友の葬式を取りしきって、最後に一人残り、エンタープライズの貯金通帳を持って旅に出るというプラン。

その前に割り勘で分配しようという意見もあるが、そんなことはさせない。

あとの心配は僕が預かる貯金通帳をめぐって句友が謀略をめぐらし、僕が消されるという筋書きがありそうなこと。

とに角、俳句をつくる奴等は油断が出来ない。


（『友あり駄句あり三十年』一九九九年三月　日本経済新聞社）

第二章

昭和五十六年〜平成四年

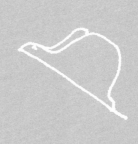

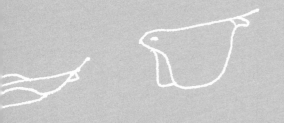

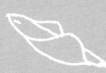

昭和五十六年＝一九八一年

一月　〈松本吟行〉浅間温泉・菊之湯

寒灯を映して凍る水たまり

寒灯や本棟造りの店に着く

道祖神わかさぎ釣りの帰り道

古い雪新しい雪道祖神

野沢菜の歯にひんやりと信濃なり

二月

釣人の背中の丸み春めいて

春めくやめかぬやめくや裏長屋

春の雪吸われて鯉の口の中

桃の花老妓の昔ばなし聞く

大き藁連なる目刺の地平線

三月　（俳号を六丁目に）

桜餅さげて新居を訪ねけり

ひからびた墓前にひとつ桜餅

法王も思い出し笑い四月馬鹿

ぶらんこや地球自転のきしむ音

明日咲くつぼみもありて花吹雪

四月

鳥影の重なりあって春の色

花の名は知らずひたすら春の色

筋彫りの牡丹威勢のよい男

苗売りの声を背中に寄席を出る

春雷の水たまりよけ荒木町

広重の版画に似たり春の雨

庭のない淋しさ抱いて植木市

五月

濁り鮒黒四ダムの四つ手網

濁り鮒釣る人軽きいびきかな

祭神はいずこにおわす祭かな

宝石の雫したたる雨の薔薇

黴の香の似合う女のふしあわせ

六月

緑蔭をわたる風またみどりなる

花菖蒲襲名披露の幕上る

山越えて梅雨から梅雨の道光る

梅酒注ぐ手吹きグラスはセピア色

七月

釣り堀や又逢った人と会釈する

釣り堀や脳天に太陽載せたまま

のど仏鳴らして麦茶落ちてゆく

夏の夜の第三惑星に我生きて

金魚鉢ずっとななめに街を往く

八月

椰子の実やダン吉老の三回忌

ポスト熱く残暑見舞を呑み下し

見上げれば稲妻の中猫飛んで

白粉の花も三十六年目

九月

河流れ霧も流れて夜の海

霧をわけてあんまの来たる山の宿

耳元の嬉しや瓢の迎え酒

松茸の籠編み続けて老婆なり

蟋蟀《こおろぎ》を見たが鳴かぬままの朝

風わたり山肌ゆらり竹の春

十月

戸を放ち今堂々とすきま風

背の筋へ氷の糸ひくすきま風

万年青の実老いる手順を考える

露しぐれここで逢ったが百年目

初猟や今は昔の狙撃兵

十二月　〈伊豆下田吟行〉下田プリンスホテル

伊豆の海蒼青藍に凍りけり

きらきらと海も師走を迎えけり

冬木立抜けて病む子の噂きく

あごだけの鮟鱇と裸電球がゆれる

昭和五十七年＝一九八二年

二月

春浅し庵主の素足ひたひたと

四月

蜂二匹中天高き交尾なり

蜂連れて旅する家族に道をきく

春暁やカーテンの柄透けてきて

喉も胃袋もしかとうけとめたビール

酔覚めて又あらためて花疲れ

五月　〈山梨吟行〉橋倉鉱泉

五月ですお山の夜も静かです

濃き淡き緑重ねて大菩薩

風わたるもったいないほど爽やかに

雪残る裏富士を背に竜之介

山を抱き山に抱かれて五月かな

鳥呼応し五月の大菩薩

夏場所は峰の彼方や山の宿

鉱泉を訪ねて宿は竹の秋

筍の面影残して伸びやかに

六月

紫陽花や雨を支えて存在感

紫陽花や夜のとばりの幕を切る

しわごとに影鮮かな夏の服
傘さして破れから見る梅雨の月
髪洗う妻ならぬ人梅雨晴間

八月

新涼や負けたチームの帰り道
新涼や身体の不調自覚して
紫蘇の実と醤油の香り立ちこめて
鳳仙花身持ちの悪い後家の唄
傘ひろげ暦の上の秋の雨

九月

赤とんぼ観音様や五重塔
爆撃機見上げる思い銀やんま
白露や宇宙を中に閉じ込めて
肌寒や足元犬が馳けぬける
合掌をしたままの手で門茶《かどちゃ》受く

十月

椎の実のはじけて老婆薄目あく

椎の実の浮かんでここに村沈む

爽やかに帯解くほくろのある女

仲たがいしてそのままの秋深し

十二月

今日よりはおでん屋昨日の係長

初春の湯なり熱さに耐えにけり

襟巻や顔埋めたまま誘いあい

昭和五十八年＝一九八三年

一月

北限に寒椿咲く旅となり

地表より現われたるや寒椿

寒梅の鉢をかかえて退院す

スクラムや伸びた日脚の中にあり

木枯しに吹き寄せられた逢瀬かな

二月

薄墨の優しさ花の苗の札

眼鏡はおデコ苗札を書く

衿足にふわりと雪のあたたかさ

不揃いのうどん嬉しき雪の宿

朝日キラキラキラキラ流氷

三月

寝返りをうてば土筆は目の高さ

土筆で空に雲の絵描いた

野崎船ここにありきと二級河川

泣いて走る迷子菫にぎって

ぬかるみを照らして優し春の灯よ

四月

あたたかな光こぼれるなかにいる
行く春や治るあてなき五十肩
退院の日付もきめて残り花
一足ずつ四肢踏んばって仔馬たち

五月　〈伊豆下田吟行〉下田プリンスホテル

人気なき女湯吾も静かなり
草笛や伊豆の長八なまこ壁
九本のチンボコのどか夏めく湯
奥伊豆や火の見の高さの竹の秋
新緑の下田ハリスは何をみた

六月

葭戸《よしど》西陽を支えきれずに輝く
葭戸越しに風呂の案内老仲居
螢群れをなして地球ははるかなり

白い歯をさくらんぼにあて妓の笑う

傘雨忌や万太郎嫌いもいたりして

七月

ずぶ濡れの神輿慈雨の香立ちこめて

慈雨の中草木歓喜の大合唱

バス終点ビーズののれん花氷

蜜豆が喰べたいといって御臨終

ほつれ毛の描きたる如き汗の肌

八月

お盆だけ帰る空家の赤まんま

宵闇の中の独酌一人言

原宿の終電去ればきりぎりす

流し場の秋茄子濃紺の水しぶき

九月

野分突き行くや一揆のむしろ旗

野を分けて走り去りたり神の群れ
葡萄の粒数えて夜店の皿選ぶ
埋もれた名札に露とのみ読めり
秋とだけ一文字葉書にある便り

十月　〈岩手吟行〉石鳥谷・光林寺

声高な雪の噂を運ぶ風
友の背に老いの影みる秋の旅
赤とんぼ智恵うすき子の手にとまる
木の実落ち転がる先の光林寺
秋空を突き刺してなお杉木立

十一月

狂い花無縁佛と背をあはせ
返り花手折って野辺の送り待つ
浅漬やしかと虫歯のありどころ
廃屋の冬構えのまま冬となり

十二月

枯葉二枚一枚になるつむじ風
枯葉寄りあう如き父子対面
春までは通行不能山眠る
葱の束さげて肉屋は…通り過ぎ
名乗り出てふとした遊びの吾子なり

昭和五十九年＝一九八四年

一月

着ぶくれた同志いつまで立話
着ぶくれるだけ着ぶくれて靴みがき
酔っている歌声かすか冬灯
パンのみにて生きるに非ず大寒波
クッキリと強すぎる影雪晴れて
湯たんぽを包んだおぼえの古タオル

二月

きらきらと光を跳ねて春の水
魚だか、なんだか跳ねた春の水
夜の雪昔々のその昔
逞ましき前歯草餅喰いちぎる
天と地と明日があって下萌る

三月

〈沖縄吟行〉沖縄ムーンビーチ

夏の風太古の洞を抜けてきて
デイゴ咲く肩身のせまい島の旅
彼岸入り大地影濃き爆撃機
紅すぎる花紅すぎる屋根に咲く
鮮やかな木蔭刻んで亀甲墓

四月

散る桜天晴れ寺子の敵討
祖母の形身ですと女将更衣

春日傘ねんねんおころりねんねしな

朝風呂の常連昔は浅蜊売り

五月

頼りなく崩れて穴子は舌の上

穴子だけ食べてる親子のいる鮨屋

終点の駅なり初夏の風の中

新緑に染りて峠の道祖神

祭終り笛の落ちてる路地の朝

六月

櫻んぼ幼い記憶を噛みしめる

思いッきり種吹き飛ばして櫻んぼ

一人だけ暑そうな客山の手線

若竹を叩いて走る豆剣士

キラリッと蜥蜴《とかげ》いたのかいないのか

七月

水にまかせ鉢にまかせて金魚行く

さっきまでいた金魚猫はいなくなる

甚平を洗って干してる裸ン坊

夢の下を風が流れて籠枕

睡蓮をみているうちのあくびかな

八月

世紀末数千萬の赤とんぼ

夏と秋の縫目を飛ぶや赤とんぼ

熱帯夜遠くで電話鳴りつゞく

命日を葉月朔日とおぼえけり

風の向き変れば踊りのさんざめき

九月

野の花に優しき女《ひと》に裏切られ

なつかしき野の花ひらりと落ちた辞書

栗飯の栗で食後のお茶を喫《の》み
高さより深さと言おう秋の空
足早にさけて行きたし赤い羽根

十月

寝返れば布団の重き夜寒かな
遠い音がよく聞えてくる夜寒かな
一 二 三 四 五 六 七 渡り鳥
柿の実の障子に映る陽の高さ
秋愁や人影の無き初個展

十二月 〈江の島吟行〉岩本楼

時雨るるや法事帰りの終電車
時雨るるや寄席に行くのを諦める
江ノ電の右側の窓冬の海
島の宿師走は彼岸のことであり
息白く波又白く橋渡る

昭和六十年＝一九八五年

一月

噺家の手拭の蓋初湯かな

ふと未来《さき》が見えた気のする初湯かな

寒菊や生命の果ての色をして

父の背の高さ思い出す初天神

主を待つ鍋焼うどん湯気消えて

二月

満天の星なり地上は猫の恋

愛情の限り尽して猫の恋

草の芽やたしかな生命のありどころ

薄氷光りつつ線になり水になり

二の午の幟の影の濃く薄く

三月

霞が消えた村があった
甦れ霞の中の古墳群
立ち上り鶯餅の粉はたく
住む人の無くなった村蘩蔞《はこべ》摘む
本牧亭お膝送りの春の宵

四月　〈松山吟行〉道後温泉・ふなや

それぞれの春や伊予土佐阿波讃岐
俳都なり句碑から句碑へ燕とぶ
花びらを舞いあげ市電は県庁前
行く春を肌が読みとる湯に沈む

五月　〈佐倉・成田吟行〉成田・名取亭

歴博を出れば’85年初夏
葉脈のツンと伸びたり初夏の空
夕映えの大塔青葉の額の中
夏いくたび永代供養団十郎
伸びるのがわかる気のする若葉

六月

橘の花かんざしや越《え》天楽《てんらく》
橘の花影ゆれる障子開《あ》く
梅雨さなか和綴じの季寄せしんなりと
初めての肌をあわせて明易き
一瞬に向きを変えつつ鯵群るる

七月

髪束ねくくりて衿の涼しさよ
病室を涼しき風の見舞いけり
鬼灯《ほおずき》を器用に鳴らすプロレスラー
太陽と五分で張り合う裸身かな
岩清水両手に歯痛耐えにけり

八月　〈横浜吟行〉横浜プリンスホテル

天瓜《てんか》粉《ふん》独り暮しの元めかけ
天瓜粉まぶしてチンポコ見失い

野良猫も暑さ負けにて三渓園

墓洗う江戸の役者の紋どころ

九月

外野席応援の間の虫の声

夜明けまで鼓膜を這うや虫二匹

月あかりふと謡曲の通りすぎ

萩こぼれトンネルの名を隠したり

秋茗荷描いて一句を添えにけり

十月

ほんのりと障子に朱うつす烏瓜

老画家の通夜アトリエの烏瓜

一昨日の秋刀魚の小骨らしきもの

父の字のへのへのもへじ破れ案山子

ぼけの兆し指折り数えている夜寒

赤い目の鰯くわえて猫帰る

十一月

残菊やすぐ涙ぐむ父と居て
残菊や一途に生きてきた男
はばたいた鷹と兎が宙をゆく
遠まわりして生きてきた小春かな
銀杏落葉途切れるところで立ち話

十二月 〈箱根吟行〉芦之湯・松坂屋本店

薄氷仔犬すべった転ばない
冬の音スリッパの音遠くから
吾も往く鎌倉古道霜柱
キキキキキーツ登山電車も冬の音
年の瀬の湯治場にて誕生日

昭和六十一年＝一九八六年

一月

寒雀支える脚の細きこと
コロコロと転がるばかりの寒雀
四温なりお茶の熱さが違う夜
序二段の廃業届ちゃんこなべ
音もなく雪見障子の落ちにけり

二月　〈三百回記念・箱根吟行〉芦之湯・松坂屋本店

出迎える女将の仕草春隣り
媚び売らぬ野猿の群や春隣
背景の冬ざれた中、野猿往く
拭きこんだガラス戸ゆえの寒さかな
一瞬の底冷え抜けて湯気の中

三月　〈近江長浜吟行〉長浜・鳥新

中天に声を残して雲雀落つ
大の字の股間の彼方雲雀落つ
鳥新の鴨叩く音途切れたり
鳥新と左から読み春朧

欠席の葉書もありて鴨のなべ

五月

隻腕の男ゆっくり袋かけ

六十年袋をかけて古希となり

球審の背は汗ばんでネット裏

雨蛙葉先の滴と落ちにけり

短夜や残りページを数えけり

六月

薄墨のにじみし如く蚊火煙る

したたかな一匹ありて蚊遣消ゆ

節語るテントもありてキヤムプ更け

青芝の色失なえり夕まぐれ

うたた寝にかすかに重き夏蒲団

七月

純白の瀑布緑をぼかしおり

滝の音下流に響く位置で釣る

夏の夜もう何度目かの用を足す

扇かざし最後の幇間舞い納め

網棚に山百合残し車庫へ行く

八月

昼寝また学童疎開の夢で覚む

薄目あけ女房みながらまた昼寝

いろいろな蟬の声降る森を出る

藍染めの似合う女《ひと》いて百日紅

花火終え煙も消えて星戻る

九月

どうしてこんな大きな月なのだ

名月や息絶えた猫膝にあり

新米を研ぐ腰つきや浮き〳〵と

猫八が虫を啼く夜の寄席を出る

萩の角また萩の角曲りたり

十月　〈盛岡吟行〉「ニッポンめんサミット」盛岡・東家

光散る北上川の十三夜
秋深し石割桜石の冷たさ
冷え〳〵と北上の街橋の街
たぎる湯に新そば生命をはらみけり
足早やの横断歩道秋深し

十一月

椎茸を貫く串の青さかな
香りたつ椎茸火の赤炭の黒
藁塚の型さまざまの旅終わる
口中の綿の白さよ　冬の通夜
初霜のもろくひしゃげてきらびやか

十二月

行く年や今引き際の老役者
行く年やこれで最後かもしれない

愛らしき兎の前歯逞しく

予定表に勘亭流で寝正月

マフラーは友の遺品や向い風

湯気流れ肩沈めたり露天風呂

昭和六十二年＝一九八七年

一月

出稼ぎの焚火の輪　無言なり

ガキ共の小便焚火に歯が立たず

しんしんと屏風三双連なりて

出稼ぎの土産の用意春を待つ

糸の如く光る氷や手水鉢

二月

その昔胼《ひび》割れた手の老いの染み

辞書により胼皹皸鎛と亀裂あり

ものの芽のほんのり紅さす生命かな

大試験も小試験もなく夢もなく
春炬燵火の消えたまま二、三日

三月

摘草や飛鳥の宿の朝の膳
マニキュアの紅染めて草を摘む
声も去ってブランコ動き止めにけり
肩だけが冷えて目覚めの余寒かな
春雷や遥か宇宙の独り言

四月

春眠や覚めても覚めても夢の中
春眠の股ぐらにある枕かな
薬蒔くへりあり波打つ竹の秋
釣りあげた魚に糸に風光る
名水の湧く町に在り新茶買う

五月

〈桑名吟行〉桑名・船津屋

川と川重なりあった海五月

過ぎし夏老妓と鏡花と万太郎

船津屋は夏めき次郎長御一行

若葉の香潮の香のぼる夜の川

六月

ひたすらに身を焦がす夜の火取虫

火取虫ままならぬ世を飛び交いつ

滝つぼのしぶきや蟹の背を洗う

夏茱萸《ぐみ》のシロップ作ってみた老婆

艶やかに香を放ちたり胡瓜もみ

七月

何もかも不快のままに土用入り

土用入り愚かに生きる振りをして

スタンドの片蔭にあり地区予選

胃袋の形にビール納まりぬ

八月

落下傘部隊の悪夢海月消ゆ

見上げれば海月の群れや『浮上せず』

右耳の奥に鈴虫棲みたるか

風向きの変るや稲の花も又

横綱は元序二段の村議なり

九月

いつか見たままなり妻と鰯雲

産室の母子健やかに鰯雲

ジェット機が目刺しにしたり鰯雲

十月

〈盛岡吟行〉盛岡・東家

秋雨が南瓜洗って暮れにけり

台風の情報聞きつつ卵割る

ななかまど揺れて暴風雨注意報

十一月

末枯れて俺の野生も蘇る
末枯のどこか遠くで咳払い
串刺しの林檎に野鳥二羽、三羽
火の番や一人で凝ってる元役者

十二月

寝つかれぬ鼓膜の記憶虎落笛《もがりぶえ》
窓細目もがり笛聞くハイウエイ
極月やなおぎこちなき夫婦仲
今年こそ無くしてしまおう古手袋
咳こんだ分だけ飛ばした寒念仏

昭和六十三年＝一九八八年

一月

寒風をきざんでヘリは舞い上がる

喉元を過ぎて寒風胃の腑まで

婆ア来て、なんとかタインとチョコを出し

春を待つ人、そして山や河

天窓の光もこぼれ室の梅

二月

故郷の湖からの諸子なり

露出あわせれば針先の如き木の芽

春の野や十七文字の旅を行く

大の字にはにかみ乍らの掃除なり

三月

泥つきの慈姑《くわい》の鋭き芽の青さ

煮転がす慈姑の音の軽やかさ

水たまり花びらひとつ沈丁花

春の夜の闇の深さに立小便

竹筒の甘茶チャポチャポ揺れにけり

四月

〈香港・インドネシア吟行〉ジャカルタ・カ亭

緑陰でひねもす神の思し召し

バタビヤの花の名問わぬままの旅

花も実も貧富ありて極楽鳥

五月

新緑や濃淡濃淡濃淡淡

新緑の雫したたり落ちる道

紋白蝶セカンドベースにとまりけり

交差点夏めく風の中にあり

蜘蛛の糸一筋宙を舞い納め

六月

五兵衛餅ありますの札岩清水

清水湧く穴からとかげ走り去る

蠅叩き祖父手づくりの遺品なり

パセリも買ったコロッケ作ろう

七月

ベランダの野菜が見事元百姓
バルコンというのよねエと老夫人
誰もいない球場の灯が消えてゆく

八月

走馬燈昨夜の記憶も闇の中
走馬燈ずっと無言の老夫婦
遠雷や情事の記憶蘇える
肌と肌離せばさやけき気配かな
南瓜切る力もなくて苦笑い

九月

一粒づつ玉蜀黍を食べ終る
老夫婦玉蜀黍を見てるだけ
あの町もこの町も又霧の中
澄んだ水底を風がわたってゆく

チマチョゴリなびいて地球の九月尽

十月

古伊万里の大皿熟柿を盛りあげて

音たててすする熟柿の種を吐く

長袖のパジャマ楽しき夜寒かな

破れ蓮をかかげて河童池の中

稲架《はざ》登る猫が居場所を定めたり

十一月

手をつなぐ明治の夫婦冬日和

衿たてて首を埋めて冬日和

真上から見下ろす荒野木の葉髪

風除けが泣き声たてて瞽女の宿

雲水の列遠のいて時雨また。

十二月

紙漉をやめた男は八代目

親・子・孫と並んで紙を漉いており

旧暦で暮らす老女や冬至の夜

傷だらけ昭和の日記果てにけり

平成元年＝一九八九年

一月

ひぃふぅみぃよ手毬ちっともはずまない

猫死んで以来手毬は部屋の隅

今日からは二代にわたり忠義かな

懐手したまま転ぶ不幸かな

バシッという雪折れの音夜明け前

二月

剪定の要領つきあい整理する

岩蔭の春蘭の下清水湧く

検問のランプがにじむ春の雨

駅伝のコースたどって伊勢参り

三月

オープン戦弥生の風のホームラン

臨月の妊婦弥生の街を往く

新しき笊《ざる》の青さと虎杖《いたどり》と

蝌蚪《かと》の群小さき波紋の急降下

四月

バナナ売り発祥の地という駅の前

藤棚の妖しき香りくぐりけり

ボタンひとつはずして初夏の風を受く

ママ照れて「東踊りニ出テタノヨ」

五月 〈高雄・台南・台北吟行〉台北・老爺大酒店

判読の看板たどり五月闇

青天にもの問いたげな白日旗

いくばくの余命や緑下の太極拳

仰向けに蛙盛りあげて夜店かな

五月雨に三民主義と噺家と

六月

〈甲斐吟行〉「句碑の里まつり」下部温泉・大市館

それぞれの句碑それぞれの梅雨に濡れ

釣りあげて富士の高さに鮎光る

夜を待つ蛍の飛んで句碑の里

七月

負けいくさ語り伝えて夏料理

嘘寒きガラスの皿の夏料理

夏の蝶舞え舞え生命の果つるまで

点々と夕焼け小焼けの水たまり

夏の野を押しわけてゆく虫がいる

八月

スナックの供物もありて地蔵盆

地蔵盆そばに駄作の句碑ありて

くの字から大の字になる昼寝かな

短夜や何度も何度も起きて朝

三日月の先とんがって雲を切る

九月

退院の日が決まらずに猫じゃらし

猫じゃらし猫うるさげに細目あく

ゴザの癖直せないまま海贏廻す

ずっしりと水の重さの梨をむく

空も水も澄みきった夜があける

十月

吊し柿吊るしたままを齧りたり

ついばんだ跡ひとつずつ吊し柿

小癪なり蟷螂風情が大上段

眠れない夜を木枯しの吹きぬける

腰痛の農夫牛蒡を引ききれず

十一月

月光の森梟の目にも月

毛羽立ててふくらむ梟片目なり

都から伜帰って蓮根掘る

イヤリングはずし熱燗持つ娘

柝《き》の音が突きぬけてゆく冬の空

十二月

マニラから来てセーターは男物

セーターをほどけば毛糸の玉三個

冬木背に黙々アジアの労働者

午後の陽に湯気立つ飯場無人なり

泣き初めになるかならぬかなりまアした

平成二年＝一九九〇年

一月　〈北九州小倉吟行〉小倉・耕治

猿廻し源平以来東欧圏

おごるものひさしからずかふぐのさけ

逆光のタンカー和布刈《めかり》の海を往く

ひれ酒に関門橋を架けて呑む

かしこまったと無法松来る初句会

二月

虚しくて淋しい連呼空ッ風

宗教名マーヤという娘風の中

盆梅を遺した人の一周忌

銃声と雉の声とがこだまして

如月の京の茶室を退出す

四月

蛇行する川添いの旅暮れかねる

しなやかな細き四肢なり仔馬立つ

籠編んでいざ若草を摘みに出ん

幇間の真似事虚しく春灯し

五月　〈伊豆吟行〉伊豆・大沢温泉

嶋七つ五月の海にかすみたり

いさぎよく謝ってこそ五月晴れ

濃く薄く緑輝く中の旅

湯上りのタオルに青葉の色映えて

老残のチンボコ五月の湯に沈む

六月

盛り塩に蛞蝓《なめくじ》覚悟の体当り

蛞蝓のいて祖母がいた台所

李《すもも》、行儀よくリキュールの瓶の中

夏帽子中村伸郎の楽屋入り

父の日の病棟賑わう子供達

七月

破れ船の甲板に咲く浜おもと

浜木綿や墓石倒れたままの浜

冷房の効きすぎた部屋妻といる
さあ昼寝、明治生れの暑気払い
梅雨明けの街を自転車一直線

八月

盆燈籠拵え続けて米寿なり
燈籠よ全国戦没者の霊よ
かき氷、朱けに染まって喰われけり
新涼や水打つごとの庭の風
うすものが似合うやくざになりました。

八月二十六日　父・忠順に寄せて

秋風や帰る風情で父入院
病棟の夜長家族の声ひそか
行く秋にあと二三日の寿命とか
秋暑し又どこからか救急車
名月や父は集中治療室
秋扇たたんで無言見舞い客
医師若く「臨終」の声爽やかに

心電図とまって菊の香どこからか

ほっとした母の横顔秋寂し

秋の風霊安室の通路にも

秋の花添えて柩の届きけり

通夜の客迎え灯籠最尊寺《さいそんじ》

浅草や通夜に新酒の供え物

宵闇が供花の名札を包みたり

月今宵焼香の列供花の列

硯洗い筆をおろして位牌書く

この秋の父の名十七世釈忠順

初紅葉母は八十路の未亡人

秋の灯に家族の絆新たなり

着替えずに厨手伝う通夜の客

老僧の読経ひとときは身に沁みて

秋の空孫たちの手で出棺す

火葬場に向かう車列や秋の色

赤とんぼ高く舞え舞え火葬場

荼毘静か猫八も聴く虫の声

秋めいて四本箸の先の父

永住町帰る燕と還る父

水澄むや父の遺したメダカたち

供花総て片づけ終わりちちろ鳴く

若き日の父と語るや夜長かな

九月

美しき化身間近の芋虫よ

いも虫や背中に蝶の刺青して

土門拳花野浄土の車椅子

呉服屋の番頭、安手な秋袷

今はただ二百十日目だけのこと

十月

鶺鴒《せきれい》の尾羽打ちからし飛び立てり

岩肌の点描画なり蔦紅葉

その昔、青山梅花秋の暮

十一月　〈熊本山鹿吟行〉山鹿温泉・清流荘

馬肥ゆる刺身になるとは露知らず

柝の音も秋八千代座の小田原町

八千代座の奈落を抜ける隙間風

八千代座よ楽屋の旅よ渡り鳥

十二月

霜柱造形ここに極まれり

霜を踏む音軽くスキップす

荒塩をふりまけば牡蠣活きてあり

炭の黒炭の紅香り立つ

人参をきざみつつ又かじりつつ

平成三年＝一九九一年

一月

白墨の粉舞う教壇冬日差し

出来不出来学年別の雪だるま
雪掻きの跡を遺して雪積もる
厳冬や吐く息の白濃く薄く
白きもの舞う中にあり青木の実

二月

心得た位置に雪間の屋根瓦
雪間にてここは御国を何百里
枝先を川面に流し猫柳
野糞している周囲から野焼き
落とすだけ肩を落として空ツ風

三月

帰りなんいざ故郷へ燕の巣
野遊びや日暮れに閉じる万葉集
春暁や睡魔と添い寝したりけり
目刺干す藁とんがって貫いて

四月

コーランの祈りに似合う葱坊主

葱坊主狙ってバットの素振りする

やれ打つな蠅は生れたばかりなり

思い出したように咳が出る春の暮

水芭蕉色とりどりのスニーカー

五月　〈香港・台北吟行〉台北・老爺大酒店

一瞬の涼風去って指南宮

緑蔭の皆懐かしき面構え

張学良健在にして山青し

しとやかな日本語初夏の山の民

スクーター家族で乗ってる五月闇

六月　〈佐渡吟行〉佐渡両津・吉田家

江戸無宿、無数の朱鷺に迎えられ

ここに又紫陽花咲いて能舞台

夏めいて元遊廓は黙しおり

亡ぶ日を待つ朱鷺ありて梅雨晴間

七月

耳寄せてまずはビールの音を聴く

まずそうにビール飲んでる奴がいる

一個ずつはずして蚰蜒《げじげじ》十五個に

水たまりひとつに一個夏椿

八月

流れ星くわえ煙草の煙《けむ》の中

流れ星流れる先の五重塔

秋めいた夜人恋し肌恋し

朝顔のつるの先なる生命《いのち》かな

九月

へちま忌や十七文字しかない人生

末期癌告知の噂子規忌の夜

柳散る散る散る柳帰り道

爽やかな自転車の列見送りぬ

十月

一粒の木の実でありし木を仰ぐ

王冠と木の実を宝にした日のありし

残菊や漏れる光の中にあり

照準を合わせる鹿の目のうるみ

十一月

山茶花や究なる人は何回忌

山茶花や老化の事実重ねきて

熱燗を運ぶ女のケツで呑む

冬の町深川めしの破れ提燈

初時雨横綱不在の場所になり

十二月

赤い実の点々とする枯野ゆく

旅に病んだ芭蕉が枯野かけている

冬服に首を埋めてしまいけり

庖丁に身体を乗せて餅を切る

初空や天気予報の通りなり

平成四年＝一九九二年

一月

何事もないまま老いて梅探る

探梅と理由をつけて家を出る

なつかしき毛布米軍払い下げ

水ッ洟乾かしてからはがした子

二月

桃の日の老人ホーム華やいで

桃の日の女らしさは何処へやら

ゆでこぼす汁青みたり菠薐草《ほうれんそう》

挿木して五十年目の樹の下で

三月

春潮の絣《かすり》の柄にきらめきぬ

春潮や海に向いてる墓一基

たんぽぽ咲いたと老母が言った

一人づつ彼岸への道墓参り

あの人は昔の芸人春寒し

四月

松の花社殿行き交う緋の袴

松の花大内山の独り者

鰆の尾ピンと立つ籠小漁港

縁遠き姪から便り春深し

子雀のいて巣とわかる程度なり

五月 〈ハワイ吟行〉ホノルル・こまかた

肥るだけ肥った女の昼寝かな

生き方を問われる旅や水平線

ここに幸ありやなしやの虹かかる

いろいろの生き方ありて水着なり

遊ぶ人働く人のいて楽園

六月

〈佐渡吟行〉佐渡ニューホテル

生かされて又新緑の佐渡ケ島

葉の表葉の裏見せて青嵐

島の子の通学帰り梅雨晴間

振り向けば直江津北に春の島

飛砂注意葉煙草の花摘んでいる

七月

素足に赤い緒、打ち水済んだ。

打ち水や水の香りのあるを知る

げんこつで汗を飛ばして水戸泉

死神のつもり蛍を吹いてみる

隣から下駄の音して水ようかん

八月

炎天下ますます小さく水たまり

法要の列黒々と炎天下

南瓜売る与太の声して楽屋口

鰯焼く皿は八寸備前なり

九月

山峡を霧の流れが走り去る

倫敦と書く街にいて霧の中

金もなく女もいなくて西鶴忌

新そばの香り七味で消す男

ほうこれがあの啄木鳥《きつつき》の音ですか？

十月

古書市のページから散る紅葉かな

地下鉄のホームに紅葉の舞っており

下駄の歯のカーンとひびいて夜寒かな

黙々とべったら市の朝まだき

楽しげに祖母の日記の菊人形

十一月

末枯の中初孫を抱いてゆく

湯気こもる窓をあければ末枯れて

つめを切る音が聞こえて小春かな

銀杏落葉ズームレンズの中に舞う

風の向き変わって、また、笹鳴きが

十二月

〈忘年句会〉横浜中華街・三洸園

日向ぼこ生麦事件の墓の前

中華街上海製の日記買う

その昔船乗りとかや落葉焚く

紙幣焼く煙冬空関帝廟

陽だまりや英一番館ありし跡

忘れてほしい句

煮凝をいれてみようと姫初め

元旦に別ればなしの老夫婦

三十年前、第一回やなぎ句会での作である。

はっきりいって以後、これ以上ひどい句は作ってない。

そうかといって、これ以上良い句も作っていない。

つまり、進歩もなければ変化もなく、そのまま化石のように、やなぎ句会に在籍しているのである。

煮こごりの句は、なんとも説明の仕様がない下品な破礼句だ。

「どうやって煮こごりを入れるのだ」という句友の質問にも答えられず、「どんな煮こごりなら入れられるか」という会議にも参加しなかった。

ひたすら恥かしい。

ひたすらおぞましい。

永六輔に名誉があるとすれば、この一句で目茶苦茶である。

だったら、この句を記録から消してしまえばいいのだが、第一回ということもあってそれもならず「本当は小沢昭一さんの句です」といって誤魔化している。

小沢さんだといえば、煮こごりを入れてみようとして苦心惨憺している姿も浮んでくるらしく、皆さん納得してくれるのだ。

「煮こごりでなくとも、おせち料理なら、カマボコ、クワイ、玉子焼、チョロギ、数の子など、入れやすいものがあるのに。これは煮こごりというところが江戸前です」と宗匠が妙に感心したのも、この句会のレベルがわかる。

早い話が、助平な句会なのである。

「別ればなし」の句は、高齢者社会の先取りという点で、時代の流れをとらえていると、僕は思ったのだが、宗匠の選評は違っていた。

「姫初めに煮こごりなんぞを入れるから別れ話になるんです。煮こごりは別宅でおやんなさい。別宅でやれば江戸前です」

言ってることの筋が通らないところが江戸前らしい。

というわけで僕の初句会は散々だった。以後三十年、著名な作詞家だった僕は作詞をやめて作句一筋。しかし前述した通り、参加しているだけの存在である。

こうして三十年、最多最下位に甘んじて記録を更新しているのだが、時には別の記録を作ることもある。例えば全員の天賞を一人占めしたことがあり、これは僕だけの記録である。句友全員が五十句近い句の中から、ベストワンを選んだのがすべて僕の句だった。

寝返りをうてば土筆は目の高さ

この句は煮こごりに較べれば気品というものが漂っている。しかし、宗匠の選評は、口惜しかったこともあろうが、「今度は土筆を入れてみたら……。その方が江戸前です」とあらぬことを口走った。

つまり、三十年間、煮こごりの為に傷ついているのである。

そして今後とも、この句は重い荷物として背負い続けていかなければならないのだ。

吟行の世話人という面倒な仕事を引き受けているにもかかわらずだ。

その場合の句会での肩書が「やなぎエンタープライズ代表」で、どう見たってそこに俳句の面影はない。

つまり、便利に使われているに過ぎず、となると、土筆の句も、全員で結託して喜ばせてやろうという陰謀だったのかもしれない。

「思い出したように喜ばせれば、嬉しがって雑事を引き受けるだろう」

この句友ならやりかねない。

そうに決っている。

土筆の句がそれほどいいわけがない。

とに角、品性下劣な句会であることは確かである。

だから、そういう句会にいる連中もみんな品性下劣なのである。

その中で、はきだめの鶴よろしく、美しくはばたいているのが僕だと思っている。

哀れな句友を救ってやりたい。

仲間がどんどん減っていくという時に、彼等を見捨てるわけにもいかず、耐えて耐えて耐え抜いて、いつか、上品な句会に生れ変らせたい。

その為にも、句友の皆さん！

煮こごりの句は忘れていただきたい。

三十年記念行事のひとつに「煮こごりの句を忘れる」という項目を作ろう！

……こんなこと言わなくても、そろそろ呆けてくれるかな……。

（『友あり駄句あり三十年』一九九九年三月　日本経済新聞社）

第三章

平成五年〜平成十五年

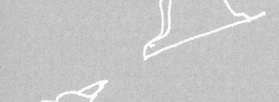

平成五年＝一九九三年

一月

吐く息の白さが増して雪もよい

雪もよい古傷を持つ右の脚

懐手ガキの頃からすねる奴

赤ちゃんのこの世の終りの如き咳

寒灯が並んでにじんでふるえてる

二月

身をすくめ仔猫怖れる猫の恋

孫抱いた胸あたたかき余寒かな

臘梅の鉢をかかえて帰宅せり

三月

〈大分臼杵吟行〉臼杵・春光園

あたたかな屋根に臼杵の猫昼寝

石仏の肌あたたかく応えけり

花冷えの庭先き緑高二百石

春の雨点々と落ち石畳

野の花の咲き初む臼杵につきにけり

四月

花吹雪母のいる子もいない子も

花びらを貼りつけて散る雨上り

行く春や幼き生命の息づかい

わたる風染めて柳の青みたり

手順だけ楽しんでおり大掃除

五月

新緑のみどりの色の多きこと

新緑の生命したたる中を逝く

夏座布団白寿の文弥暮らす家

一陣の風になりつつダービー馬

六月

〈佐渡吟行〉相川・佐渡ロイヤルホテル万長

逆光の夕映を裂く烏賊の船
墓すべて海に対して花かんぞう
靴下が脱げ易くなり梅雨晴間
岩肌がかんぞう満開のまま海へ
さまざまな老いの影あり梅雨吟行

七月

骨刻む音を肴に鱧を待つ
鱧到来一本さげておいで乞う
亡き人と縫い会釈する踊りの輪
雲の峰越える角度で立小便

八月

今日あたり今年の残暑だと思う
焼跡の思い出となる残暑なり
一直線ドリブル涼しき決勝点
枝豆のツルリとむける濡れた艶
墓地の群れ影クッキリと盆の月

九月

生き方がむづかしい世の志ん生忌

酒を呑む形を真似て志ん生忌

花屋には無い花の蔭ちちろ啼く

癌だとは知らない人の秋の庭

百花園赤とんぼ出て閉る門

十月

カリカリと胡桃もむ手の老いのしみ

愛用の胡桃にぎらせ納棺す

湯上りの汗のひき方冬隣り

山頂の冬から見下す秋の山

十一月

落葉焚き歌えば煙が目にしみる

根深汁湯気と香りを吸ってから

庭先を障子へだてた御挨拶

十二月　〈忘年句会〉横浜中華街・三洸園

一滴の落ちてや一気に筆始め

書き初めに「関帝廟」と書く街で

黙々と焚火囲んで背であたる

北風を歯で受けとめて中華街

数え日や今年最後の爪を切る

平成六年 ‖ 一九九四年

一月　〈三十五周年記念句会〉

この痛みなぜとれないのか霙舞う

二人連れ霙になって気も変る

欠席の理由《わけ》は触れずに初句会

雪牡丹時の流れる音を聴く

セーラー服に色香添えたり春の風邪

二月〈江戸の味うまいもの句会〉

いせ源と竹むらを分け春一番

胸元に蛇のつめたさ春一番

風邪ひいて粟ぜんざいの箸を割る

残り雪消えなんとする連雀町

落第をなぐさめそこねて貰い泣き

三月

緑濃きその韮の根の白きこと

ニラレバを毎日むさぼる日もあった

春暁や天気予報が遠くから

伊勢参りかたじけなさに大笑い

ひらひらと羽毛の舞って雀の子

四月〈あこがれのバリ島吟行〉

バリ・インターコンチネンタルリゾート

神々の立ち去りし後青嵐

夜明けへ今南十字の消えんとす

休む意味悟る夏なり神の島

祈る人供える人の夏の色

余生とはかくありたきやバリの波

五月

薫風はらんでスカーフ反転す

勝力士下駄を鳴らして風薫る

初鰹到来クール宅急便

ほととぎす父のステッキついてみる

苺買う今日はケーキをつくるんだ！

六月　〈三百回記念句会〉

ホスピスで最後の夏に入りにけり

夏至の灯やシミーズだけの女あり

遠きより雷《かみなり》まろびころげつつ

手応えと音楽しみつつキャベツ切る

七月

鰻待つ間に話がこじれたり
うな丼の手応え厚き九谷焼
祇園会や木屋町下ル昼下り
遠眼鏡の中で絵日傘くるくると

神吉拓郎追悼句
哄笑も微笑もあって友偲ぶ

八月

新涼や敗戦投手は一年生
新涼や蛇口のしずく落ちる音
蟲時雨途切れて闇は真の闇
わたる風さわぐ風あり稲の花
延長戦左翼手頭上に秋の蝶

九月

名月やあの世とこの世照らしおり
名月をかすめてサヨナラホームラン

新調の鼻緒ゆるめて秋袷

コスモスの中に微笑の六地蔵

卒塔婆にも名もなき菌《きのこ》 無縁仏

三田純市追悼句

飄々とあの世へ秋の杖をひく

十月

手の平に思はぬ重さの葡萄切る

紙袋破けてたわわ葡萄棚

草の実の落ちて都会のアスファルト

金髪に染めて帰って村祭り

十一月

初時雨つめたい足の爪を切る

ワイパーが忙しくなり初時雨

箒の目楽しみ乍ら落葉はく

忘れもの思い出せないまま小春

十二月　〈忘年句会〉横浜・揚子江

霜夜なりページ繰る指ままならず

出来るだけ背中まるめて霜夜かな

桟橋と生糸倉庫と空ツ風

冬の月ドクトル・ヘボンの墓と読む

いじめた子いじめられた子クリスマス

平成七年＝一九九五年

一月

寒釣のきらめく生命宙に舞う

吐く息の蒸気の如き寒の釣

熱好み老人ホームのお燗番

花よりもまさる色香の椿の葉

二月　〈大分臼杵吟行〉臼杵市民会館

アダムスと並んで島の日向ぼこ

冬の海われジパングに上陸す

江戸の屋根重ねた街の早春賦

姿無く枝揺れておりホーホケキョ

鶯の遠音樹齢は六百年

三月

誰よりも不運の友と居て弥生

細き杖弥生という名の老婦人

善人であることつらし春一番

菜の花の高さに電車走る音

五月 〈ベトナム・ホーチミン吟行〉

オムニ・サイゴン・ホテル

苗投げる受ける阿吽の呼吸かな

苗植えるホー叔父さんに似てる人

物乞いの手は木洩れ陽の中にあり

赤い屋根黄色い壁に走り雨

六月

光消え最後の交尾する蛍

怪談と寄席文字で書く賑やかさ

夏座布団重ねて折って大の字に

七月

西からの陽ざし避けつつ昼寝かな

三代でゴロ寝のどかな昼下り

丸文字で梅干してますと故郷から

助六の鉢巻の色茄子をもぐ

鍵善の蜜豆、稽古帰りの妓

八月

病状も残暑もきびしという手紙

渋滞も動かぬままの残暑なり

八月や五十年目の八月や

手つかずのままの夜食や二日酔

十月

豊作の故郷を捨てて町に出る

土も人も疲れ果てての秋の豊

ほくろより一本の髭秋の暮

交叉する四輪駆動秋の暮

水車が廻る新蕎麦を待つ

十一月

幾重にもかさねて冬の乳房かな

淋しさに耐え虚しさに耐えて冬

寝てる奴騒がしい奴神の旅

枯柳誰の世話にもなりたくない

独り酒ただ湯豆腐の音を聴く

十二月

〈忘年句会〉横浜・揚子江

仏壇も新しくして春支度

喪中にて南無阿弥陀仏春支度

そこここに発祥の碑や冬の街

横浜や元居留地の空っ風

舞ふ如く空翔ぶ如くエイ泳ぐ

平成八年＝一九九六年

一月

寒の内健康診断さぼりたし

寒の内誰にも言えぬお楽しみ

ミニチュアの凧絹糸の先に舞う

色気ある噂話や春隣

湯舟にて遠き雪崩の音を聞く

二月

開け放つ窓如月の部屋となる

如月や虎の尾を踏む飛六方

桃の花煙のごとくたなびけり

春暁や障子のはるか彼方かな

菱餅や少女の膝の丸きこと

三月　〈盛岡吟行〉「ニッポンめんサミット」盛岡・東家

曽祖父もいて入学の目出たさよ

はにかんで唇かんで入学す

アンテナに上手に積もる名残り雪

玉子丼春の噂を聞きながら

雨ニ敗ケ風ニモ敗ケテ雪の道

四月

長閑なり住む街の灯をホテルから

予定なく長閑なること止むを得ず

遍路宿最後の灯り消えにけり

航跡の交わるところ春深し

大川や春の台場で海に入る

五月　〈奥豊後・竹田城下吟行〉竹田・ホテル岩城屋

生き方も草笛も又不器用で

奥豊後いつ死んでもいい新緑

新緑や人にやさしき旅となり

青紅葉色即是空岡城址

六月

短夜の夢も短かく終りけり

老い先も夜も短かし燃え尽きなん

点のような刺青、蜘蛛だった

竹籠を青に染めたり青き梅

とんでるのとまっているの糸蜻蛉

七月

花茣蓙をベランダに敷き母座る

くるくると巻いて立てたり花の茣蓙

海の日よかしこきあたりは御船酔

真ッぷたつ西瓜パカッと音がした

夜の更けて飯のなかった電気釜

八月

手花火の火の玉落ちて闇となる

手花火は囲む少女の輪を照らす

若づくり登山が趣味の老夫婦

秋の風あの世はこの世と吹いてゆく

九月

突然の虫の音臨時停車なり

翅ごときこすって何でこの音色

織部から唐津に注ぐとろろ汁

村芝居腰元村長、前助役。

爽やかに散歩終った萬歩計

十月

終電車夜寒の風も乗り降りす

臨月の嫁といっしょで夜寒かな

足跡が水たまりになる刈田かな

秋時雨濡れたまんまで人を待つ
草の実のこぼるる音を聴く坊や

十一月　〈内房吟行〉富浦ロイヤルホテル

ホットケーキ一枚づつの老夫婦
ホットケーキよく焼けてない寂しさよ
冬の月仰ぎつつ枇杷の湯に沈む
備長の炭にエボダイそり返り
夕陽ごと天城も沈む冬の海

十二月　〈忘年句会〉横浜・揚子江

縄飛びではづされたまま五十年
縄飛びや孫の唇一文字
巨船抱き大桟橋のクリスマス
仮縫いを済ませてハマは師走なり
ポンと帯叩いて高座初島田

平成九年＝一九九七年

一月

うら若き喪主の女の淑気かな

ハイ皆さん！描いて下さい葉牡丹です

鯛焼の目玉のまわり喰ってみる

水洟もよだれも落ちて愚痴続く

二月

如月や薩摩切子の光る部屋

如月のちゃんちきおけさガード下

大鉢の海雲や潮の香り立つ

蜆とる彼方ディズニーランドなり

紅梅とわからぬ闇に香を放つ

三月

淋しさは角落としたる鹿に似て

桜もち孫は葉っぱを持て余し

七月　〈日本橋三越吟行〉「大句会」

宝石もかき氷もありエレベーター

帝劇と三越に行くパナマ帽

白内障術後の余生雲の峰

十月

月光を映して露のうまれけり

十二月　〈忘年句会〉横浜・揚子江

冬うらら亀いつまでも動かざる

平成十年＝一九九八年

五月

梅干しでにぎるか結ぶか麦のめし

十月

猫も出て台風一過のひとときよ

菊人形そよいでジェットコースター

十二月　〈忘年句会〉横浜・揚子江

なかんづく厠の暦古《ふ》りにけり

古暦のみかは吾も古りにけり

毒気なき毒ばかりなり年忘れ

馬車道を落葉駆けては駆け戻り

爆竹に驚く屏風絵の龍も

平成十一年＝一九九九年

一月

竹馬や天下をとった面構え

竹馬に乗って天下を見下ろせり

日脚伸ぶ長患いのベッドなり

若い妓も若くない妓も寒ぎらい

福寿草鉢ふところに帰宅せり

二月

春の山春のせせらぎ春の海

小鳥舞い仁王の肩の雪落ちる

二月なりとんがれとんがれ五重塔

三月

三月七日　母・登代に寄せて

菜の花を枕辺にして大往生

春暁や　母は急性心不全

管という管をはずして春《はる》時雨《しぐれ》

看護婦が紅さし　母は春めきぬ

帰宅する霊柩車なり　春の闇

菜の花と白き位牌を並べけり

母の通夜　猫の生まれた最尊寺《さいそんじ》

正信偈《しょうしんげ》　読む孫曾孫　春障子

花冷《はなびえ》や　母の遺影を選ぶ孫
遺言は感謝の言葉　袖こぼる
母を焼く　火の音　読経の中にあり
おぼつかぬ曾孫の箸に母の骨
風光る　母は四角い箱の中
菜の花や　父の隣で眠る母

四月

清らかな生き方もありわさび畑
日帰りの旅あわただしわさび畑
そこここに接木のしるし植物園
鯉幟吊れ下がったまま日が暮れて
黄の箸を一本添えてところてん

五月

〈山形吟行〉上山・古窯
和魚ながら鮎獰猛な面構え
青き串鮎貫いてあぶらるる
新緑の濃淡遠近草競馬

遠い雪映す稲田は青みたり

六月　〈新潟吟行〉岩室温泉・錦屋

まゆ静かかいこは糸を吐き終る

まゆ光る愛一筋の造形美

雨粒の紋紋浮かべて信濃川

木漏れ日の日向を避けて蟻の列

青田ゆく良寛僧都ぬれそぼる

七月　〈日本橋三越吟行〉「大句会」

涼しさを売る商戦の熱きこと

欲しいもの欲しくないもの夏商戦

寓と書く黒塗塀のテント虫

八月

幼な顔残して老女秋立ちぬ

立秋や固有名詞の出て来ない

とん辛子つける男の孫四人

九月

そのまんま夜の形で寝込む母

一人言つづいて夜なべつづいて

曼珠沙華字のほうがいい植物園

飲んだくれ秋の蚊がたたけない

妙な奴厄日を気にする無頼の徒

十月

雲湧いて月は居場所を失なえり

どうして死んだ夢をみる虫が啼く

囮籠仲は裏切る奴の待つ

十一月

巻繊《けんちん》をきんつんずると国なまり

けんちんと答えて無言山の宿

老いた鷹役者にしたい面構え

小さな庭小さな芋を焼きにけり

今夜かい今夜はおいら二の酉だい

十二月　〈忘年句会〉横浜・揚子江

葬送の冬服息も白き列

冬服を脱ぎ捨てタスキを待つ選手

豆電球点滅波止場のＸＭＡＳ

師走の雑踏それぞれの孤独

平成十二年＝二〇〇〇年

一月

故郷を映すツララの太さかな

陽が昇るツララ大地に砕け散る

その昔初場所中継志村アナ

公魚《わかさぎ》は跳ねた姿で凍りけり

立春や暦の上のごあいさつ

二月　〈熊本吟行〉熊本県立劇場

上通り下通りを抜け春がくる

菜の花や汀女の噂する老女

三月

好きだった煙草の煙彼岸かな

彼岸きて心あたりの無い痛み

春場所やにぎりこぶしの固きこと

ホスピスの午後静かなり猫柳

木の芽和へ合わぬ入歯の音がする

四月

ダダダダダ苗代ダダダダダダダダ

苗代や風わたりつつさんざめく

仔馬立つこけてよろけてやっと立つ

五月

とまらない背中のかゆみ薄暑かな

薄暑なり介護度4の母といて

いつのまに花鬼灯も闇に溶け

六月

でで虫ののぼりつめたり蕉雨庵
鮨桶の木肌の香り箍の音
雨の庭蚊遣りの煙濡れて立つ

七月　〈日本橋三越吟行〉「大句会」

三越を出て炎天下又戻る
三越の外は三十六度とや
打ち水をよけそこなって出来た仲

八月

秋めきて芭蕉宗匠まだお留守
台風の目のなかと知る芭蕉の葉
ホリゾント星月夜になり大団円
大文字土産舞姫の団扇かな
休暇果つ体力も又果てにけり

九月

使わないステッキ選んだ秋の暮

秋の音知ってる人とすれ違う

秋九段島倉千代子の声がする

見上ぐれば棚田のあぜの彼岸花

十月

嫁姑口をきかない夜寒かな

老骨で汗ばむことして夜寒かな

朝顔の実をかつぐ蟻立往生

初時雨詩吟の声の途切れけり

まん中に松茸飯でにらみあう

十一月

目を閉じて耳でみぞれの音を聴く

雨になりみぞれになって雨になり

下っ腹ひっこめてから柚子湯かな

身を寄せて巡礼一行枯紅葉

十二月　〈忘年句会〉横浜・揚子江

年の瀬やみなとみらいの過去・現在

世紀末なんかじゃねェや年の瀬だい

寒そうな背中は俺の背中かも

行く年やとってもいい奴だったのに

平成十三年＝二〇〇一年

一月

寒月が貼りつけてある帰り道

寒月が三つに見えて終電車

野を焼けば風の形に火が駆ける

床に散る餅花ひとつ・ふたつ・みつ

背を向けて爪を剪る音寒の紅

二月

生きてきた通りに生きて春一番

麻雀牌一個落ちてて春の昼

凜として巣立ちの順を待っている

三月

〈大阪吟行〉大阪・大和屋

吾もまた蘖《ひこばえ》の身よ小米朝

蘖は遠くも木遣りを聞いており

春扇閉じた音して宗右衛門町

最下位の予感なれども球春と

春おぼろ芭蕉の死んだ街に来て

四月

つまづいてつんのめってる初蛙

五月

荷風忌に巴里の古地図をひろげおり

荷風忌に老醜老獪つどいけり

節穴の光一筋明け易し

小突いてもビクともしない大鯰

六月　〈三島吟行〉大仁ホテル

浜木綿や夕日を包む位置にあり

浜木綿と墓が並んで水平線

「あのあたり富士見える筈」梅雨の宿

ワイパーがぬぐって富士も梅雨模様

七月　〈日本橋三越吟行〉「大句会」

エレベーター涼しき美女の落ちゆけり

押し寿司の押しも押されもせぬ風情

八月

宿題の絵日記朝顔だらけなり

蜩よ鼓膜にとまって啼くんじゃねェ

秋場所で引退をする面構え

「十六夜ネ」といった女と別れけり

九月　〈柳都新潟大吟行〉イタリア軒

露草の露ごとに在り五合庵

角兵衛が稲穂拾いつ宙返り

魚沼の米村上の鮭の旅

信濃川千曲の秋をつなぎけり

十月

肌寒やアフガンの子は涙ぐむ

肌寒き深夜戦のニュース観る

くるくると傘を廻す子秋時雨

金柑を噛んで苦味に耐えてる子

新そばと割り箸香り放ちけり

十一月

浅草へ水上バスの小春かな

言うべきを言えないままの小春かな

霜月やまだ点滴をつけたまま

大根を抜こうとしたまま動けない

一葉忌信如を気取る子でありき

十二月

〈忘年句会〉横浜・揚子江

タオルから毛布で包む素ッ裸

毛布かかえ復員した叔父喪中なり

冬空に咲け満天の豆電球

また師走自分勝手に生きてきて

平成十四年＝二〇〇二年

一月

冬菜さげた初老の男すれちがう

白瀧も冬菜も肉が透けて見え

今年からいつもの場所にいない人

新日記誕生日から書くことに

一月六日　妻・昌子に寄せて

みとられるはずをみとって寒椿

寿の賀状読まずに逝きにけり
点滴を片づけてまだ松の内
今年から男やもめの日向ぼこ

二月

牡丹雪世渡り下手を自覚せり
笑ったら歯にしみにけり牡丹雪
田楽を横にしごいてしごけない
腹立てる気もなくなって朧月
金縷梅《まんさく》を「まず咲く」と読むひとありき

三月〈長門吟行〉

ルネッサながと／白木屋グランドホテル

春分の窯の煙り萩茶碗
春分や義理人情の國に生き
囲われた鰤仔猫啼く青海島
空からの桜吹雪や楽桟敷
鯨の仔眠る花冷え青海島

四月

もずく飲む器の切子楽しめり

塗り箸を割り箸に替えもずく喰う

花過ぎて身体の芯で老いを知る

芽吹き時セーラー服がまぶしくて

五月

短か夜や長嘆息で明けにけり

枯れ井戸を囲み紫陽花賑やかに

爪跡を残したままの夏蜜柑

熊さんもハッツァンも逝き時鳥

六月

豊作のキャベツを捨てた村静か

砥ぎ終りストレスも添えキャベツ剪る

巴里祭よ森雅之の横顔よ

波頭砕いて飛び魚着水す

仲良しが泰山木を抱いて巻く

七月〈日本橋三越吟行〉「大句会」

人よんで昼顔夜の顔を持つ

井の中で唯我独尊雨蛙

涼風やＢ１試食のつま楊枝

八月

こめかみの梅干し似合う総金歯

安政の梅干しもある旧家なり

ひとはただのこひしくなりてこはだくう

ひんやりと秋の乳房を抱きにけり

九月

啄木鳥は休まなかったり休んだり

大河果て上海秋天雲ひとつ

チラホラとチラホラホラホラと萩の花

道行きの形夜霧に残しけり

十月〈上海大吟行〉

「日中友好三十周年・東京やなぎ句会四百回記念」
上海・錦江飯店

菊茶の香麻雀の音水の街
菊一輪内山書店跡の碑に
列強の夢よいづこやおぼろ月
孫文と魯迅が暮した路地の秋
上海は小籠包の湯気の中

十一月

箸と箸触れて離れて鍋を突く
あらためて昨夜の鍋で差し向い
みつめあう老いた同士で時雨聴く
手の甲の染みを数えて返り花
冬の夜思い出せないことみっつ

十二月〈忘年句会〉横浜・揚子江

旨そうに水洟なめるガキ大将

水洟を袖でふくんじゃありませんッ

ピチャンピチャン大桟橋の空ッ風

〆飾り赤煉瓦との色の妙

わが生命飛び出すほどの咳をする

平成十五年＝二〇〇三年

一月

上空の寒波どうして足元に

恨めしき読経の長さ寒の通夜

指全部ぜーんぶ皹《ひび》の百足かな

鷹化して鳩となり鳩化して豆となる

二月

初孫は土筆の如きオチンチン

淋しさも虚しさも舞えタンポポと

きなくさいニュースをのせて東風の吹く

三月

人の世の卒業式や弔辞読む
津美久佐と万葉風に書いて摘む
ブッシュ笑い空母甲板冴返る

四月

ホスピスの待合室にクローバー
四ッ葉とは生老病死クローバー
見上げれば網落ちてくる魚の目
何年も戸棚の奥の武者人形

五月

〈浅間温泉菊之湯吟行〉松本・神宮寺

わさび田を貫ぬく水の音を聴く
みすずかる枕言葉の風が吹く
目に青葉骨の芯まで浅間の湯

六月

鮮やかな葬儀を終えて閑古鳥

カッコウを眞似て啼いてる孫四人

老いた友かばいおのれも老いて夏至

紫陽花の重なりあって枯れゆけり

想い出をかすめて行き交う夏つばめ

七月

新しい爪切りおろす晩夏なり

手の甲のしみ濃くなって晩夏なり

夜の秋静かに長く紫煙吐く

雪渓の縁《ふち》にじみつつ鉛色

今日も又トゲみつからず夏の萩

八月

明確に老いを重ねて秋灯下

朝っから何もしなくて秋灯下

在宅の点滴に舞う赤とんぼ

救急車夜霧に溶けて闇となり

秋晴れに爆音がする黒い点

九月　〈富良野吟行〉富良野演劇工房

西条柿はるか富良野で喰われけり

柿一ツ鎮座備前の大皿に

秋色の中に哀しき類人猿

赤とんぼ富良野全景目に映し

凶作のそれでも黄金の色をして

十月

初時雨買ったばかりの蛇の目傘

最上川舟唄ゆれて初時雨

これからは素直に生きよう冬支度

どうしたの木の実握って泣いてる子

残る虫耳が遠いと言われた日

十一月　〈日本橋三越吟行〉「大句会」

チョキ出して手袋売場のジャンケンポン

落葉舞え舞うだけ舞って土になれ

炬燵だけあって無人の家に帰る

十二月

〈忘年句会〉横浜・揚子江

生まれきて初めての雪みせてやり

初雪や赤い灯よぎって赤く舞う

浜育ち老婆のスカーフ若づくり

東京やなぎ句会をひと言でいうと

東京やなぎ句会のことをひと言でいうとなると、とても難しいのですが、柳家小三治さんが「この句会で俳句を作らなきゃ、どんなに楽しい会だろう」とよく言います。

僕も実感としてそうで、俳句なんかどうでもいいと思っているのが、数人いるんですね。

俳句が大好きな人ももちろんいますけど、僕は、自分の作った俳句を平気で忘れているところがあります。

気の合いそうにないのがゴロゴロしながら四十年たっちゃった、というのがすごいんですが、実は、派閥がからまっています。

その派閥が複雑怪奇で、正岡閥(正岡容《いるる》先生の門下生ですね)、麻布閥(麻布中学です)、早稲田閥、俳優閥、噺家閥、三木鶏郎閥。

自民党みたいに派閥がいくつもあって、壊れそうで壊れない。

誰がどこに属しているかは別問題として、派閥が入り組んでいると、別れないんだなということが、よく分かります。

私個人のことでいうと、四十年前、若いときに作詞をしてました。

所謂ヒットソングといわれるものを作ったこともあります。

俳句をすすめられ、俳句を楽しむようになったら、作詞が出来なくなっちゃったんですね。

作詞ができなくなるということは、作詞をしなくなる。

作詞をしなくなるということは、著作権料が入らなくなるんですね。

どうして作詞をやめたんですか、と言われるけど、俳句は削って削って削って、作詞は足して足して足して足してという、その両方を使いこなせなくて。俳句を作りながら、長い唄を書けたらそれは幸せだと思いますが、そうはいかず作詞家は廃業。

派閥が複雑に込み合っているということは、横に広げるとそうなるんですが、縦に分けると、三つに分かれます。それは、学徒出陣、学徒動員、学童疎開です。

戦争体験が一年年齢が違うと、こうも違うのかというくらい違うんですね。

何となく、学徒出陣、学徒動員、学童疎開というと同じ体験のように見えますけど、それが全然違うということは、やなぎ句会やっていて、あっちこっちでよくわかります。

旅の仕方、ご飯の食べ方、仕事の仕方、あるいは、同じスケベのやり方でも、この三つが違うということです。

共通しているのは、「平和大好き、戦争大嫌い」。

というわけで、縦割りの派閥があって、横割りの派閥があって、これががんじがらめになってますので、しばらくは続けましょうといいながら、何人になったら辞めようかという話を、いつもします。

そうでなくても減ってきてるので。

句会って何人になったら辞めればいいのでしょうね？　二人かな？　一人で作るって気にはなりません。私や小三治さんは俳句があまり好きではないですから、一人になったら辞めます。となると、誰かが一人で生き残って、やなぎ句会を受け継ぐのでしょう。

（『五・七・五――句宴四十年』二〇〇九年七月　岩波書店）

第四章

平成十六年〜平成二十七年

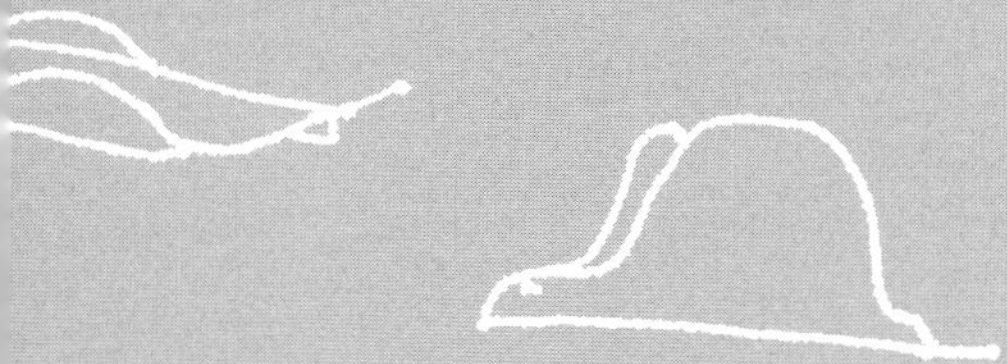

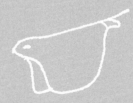

平成十六年＝二〇〇四年

一月

寒中といえど陽ざしのあたたかさ

寒の内熊の胃さげてる囲炉裏端

いい女《ひと》にすっぽかされて薬喰

結構な言葉遣いの火事見舞い

二月

売れ残る花もありたりヒヤシンス

銃口に活けて可憐なヒヤシンス

午後曇り所により雨鳥交る

泣きそうで泣かない坊や春嵐

三月

淋しさが虚しさになり春愁う

つまづいて転んで泣く子しゃぼん玉

食欲も性欲もあり水ぬるむ
甘茶呑むいやな噂もつきあって

四月

〈水戸吟行〉水戸芸術館／大洗・山口楼

納豆の糸極楽につながるか
花吹雪上棟式ののりとかな
蜜蜂や働き続けた揚句の死

五月

生きるのに一寸疲れた夏の夜
夏の夜の明けてラジオを消して寝る
ワッショイが近づいてくる鰻喰う

六月

点々と滴乾いて喜雨きたる
ダムの底歩いている内喜雨となる
羅《うすもの》や小野の小町の百歳像
裸婦像よ淡谷のり子の若き日よ

七月

かたつむり先のことなど考えない

夕立が右から左へ地平線

八月

栃の実よひとつふたつあと沢山

栃の実よ縄文土器で二千年

踊る列西方浄土に消えてゆく

九月

芒《すすき》の穂富士山頂をなでており

逆光に黄金と化す芒の穂

秋しぐれ首をすくめて立てる衿

十月

肌寒や居眠りをしている友といて

小便を一寸もらして肌寒し

初時雨嫌われること覚悟する

十一月〈日本橋三越吟行〉「大句会」

啼いている声が聴こえる冬の月

女一人眼帯をしてマスクして

天女像眺める下界X'MAS

十二月〈忘年句会〉横浜・揚子江

夢の中湯冷めするよと母の声

湯あたりの揚句の湯冷め愚かなり

いつのまに揃う師走の急ぎ足

お飾りは出雲のものと見舞客

平成十七年＝二〇〇五年

一月

重心の狂いあるらし独楽と俺

独楽廻れ廻って廻って止まるんじゃない

赤ぎれの治療構える焼火箸

予報士の故郷も深い雪の中

今朝からで三度度忘れ寒の内

二月

聞きおぼえある声遠く春浅し

春浅しバンドエイドを貼り直す

子鳥今巣ばなれをして落ちにけり

六十年焼跡以来の蕗の薹

花時や地球は大気温暖化

三月

摘む人もわらびも同じ猫背なり

一筆でわらび納まる水墨画

猫の子やどこにいるんだ出ておいで

四月

短か夜や手の届かないかゆいとこ

明け易きここは離島の診療所

五月

その昔座れば牡丹今立てず

噴水の中一瞬の虹生る

幼名はぼうふらと申しはべるなり

いつまでも若いと言われ夏の夜

六月

総入歯木耳楊枝ではずしけり

自転車の転がっていて花ざくろ

ビルとビル夕焼け縦に一直線

七月

台所砥石包丁夏大根

箱庭の旧街道も暮れてゆく

語り部は南京虫の図も描いて

八月

籠枕転がっていて長電話

「打ち水」と小声で老妓立ちにけり

見上げれば煙草の花と御巣鷹と

葉の先に宇宙くるんだ露ひとつ

九月

今朝の秋天気予報の通りなり

前後左右上下自在の赤とんぼ

栗飯は備前の茶碗に似あいけり

ＢＳの遠い異国の秋出水

十月 〈中国華南吟行〉広州・中国大酒店

老獪も老残もあり秋吟行

暮れなずむ秋色栄叡記念堂

秋廣州鑑眞ひとり奈良遥か

時は秋仲良く呆けて帰国する

食欲の秋廣州の旅にあり

十一月〈日本橋三越吟行〉「大句会」

みかんひとつ何故落ちている日本橋

トナカイをアイヌ語と知る師走なり

十二月〈忘年句会〉横浜・揚子江

寒月という俳号の老婦人

着ぶくれて高島易読んでいる

序破急でトントントーンとお正月

しもやけのかゆみがいたみに変わる夜半

平成十八年＝二〇〇六年

一月

スピードを心地好しとすつばくらめ

初午やどんな家族か気になって

藍染めの燕の暖簾を割って入る

二月

走る火よ馳ける煙よ山を焼く

山を焼く男等の中紅一点

山菜の生命確かな重さかな

目覚めても目覚めてもまだ春眠

三月

この亀は鳴くよ鳴くよと大道芸

亀鳴いて次は終点竜宮城

御破算で願いましてと春の昼

花冷えや火葬の音の無神経

からたちの花ありし日の義江節

四月

〈信濃吟行〉善光寺・兄部坊

新緑の車窓チラリと千曲川

葉桜満開二分咲き長野着

五月

空がある毛虫の明日には空がある

変身という楽しみのある毛虫かな

空耳か金魚や金魚路地の裏

焼跡を裸足で歩いて六十年

六月

〈松山坊っちゃん吟行〉子規記念博物館

玉ねぎの現われいでたり玉の肌

玉ねぎをシュートボールの指で持つ

坊ちゃんは江戸っ子の恥伊予の風

子規が発ち漱石来たり旧波止場

年寄りは年寄りらしく夏の旅

七月

セピア色夏手袋の宋姉妹

湯通しの熱いトマトの皮をむく

夏座布団畳の焦げ目隠しおり

八月

股ぐらをバタバタあおいでやや新涼

藍木綿洗いざらしの風涼し

台風の目の中にあり九段坂

秋雨と言いきかせてのち馳け抜ける

吟行は芭蕉生家に多数決

九月

秋茄子は焼いても漬けても煮つけても

編みあげたばかりの籠に秋の茄子

老いたのか只の疲れか酉の市

十月

召し上がれこの新そばはタスマニア

停年の祝いに新そば打ちにけり

やや寒を理由に怒るエゴイスト

十一月 〈日本橋三越吟行〉「大句会」

ウインドウ飾って師走の街となる
みぞれの夜色即是空の仲となり
なで肩をすべる衿巻ごあいさつ

十二月 〈忘年句会〉横浜・揚子江

北風がガリガリガリと噛みつけり
日記買い師友家族の法事メモ
一葉を読む八重子あり大晦日
美しき正月はあり国は無し
走る師よ走る子達を振り返れ

平成十九年＝二〇〇七年

一月

雪折れの撥ねて大地に生き返る
力尽き雪折れ音をたてにけり

不整脈不安なままに老ラガー
嘆息の思わぬ深さ寒の明け
如月や人の生命の軽きこと

二月

太郎冠者も呼んだ大名も春の風邪
去年からひきづってきて春の風邪
この辺に梅林があったんだよあったんだ
海苔巻の海苔だけ残して喰いちぎる

三月〈大阪吟行〉

「桂米朝芸能生活六十年記念」北浜・花外楼

犬ふぐり一輪差に庵主さま
点滴のしずく静かに春の夜
彼岸から此岸みている人の列
別宅で大蛤のお吸いもの

四月

春灯し医者と坊主が呑んでいる

フラココや書痙の痛みかばいつつ

大丈夫と診断された山笑う

五月

一瞬の車窓卯の花咲いていた

卯の花をくるくる回して野辺送り

納豆に黄身を落して麦の飯

外来の椅子で弁当鯖味噌煮

六月

燕の子生家の風景忘るなよ

嘴を必死にひろげて燕の子

父の日一日年金の問い合せ

枇杷むけば種堂々と現われる

七月　〈日本橋三越吟行〉「大句会」

夕映えをみる花火師の面構え

大年増威風堂々昼寝なり

ライオンも天女も涼し日本橋

八月

生命無き空蟬カサコソ啼いている

肩すべる十二単衣よ空蟬よ

音たてて破裂しそうな石榴なり

猫じゃらし犬は横目で見てるだけ

寝苦しき中にも秋の気配あり

九月　〈新潟吟行〉岩室温泉・錦屋

筋力が衰え生命の秋を知る

赤とんぼ風評被害の越後の湯

十月 〈明治村吟行〉「大句会」犬山・明治村

初めてのステッキ秋の明治村
坐漁荘のゆがみガラスに赤とんぼ
錦秋の帝国ホテル老夫婦

十一月

二ツ枕ひとつはづして夜寒なり
電磁波の恐い噂を聴く夜寒
水たまり三つ並べて時雨止む
途切れない墓参の列や冬日和
熊の目を閉じてまたぎは合掌す

十二月 〈忘年句会〉横浜・揚子江

寒の蝶舞え舞え紅い葉黄色い葉
中華街在日五世の寒の顔
売り声は廣東訛り湯気の中
手のしみも父に似てきた手袋す

平成二十年＝二〇〇八年

一月

清方の炭火つぐ妓は高島田

埋もれ火を突っついてみた消えていた

苦労してやっと別れて春となり

面構えずらりと並んで出初め式

二月

淡白な情事済ませて針魚《さより》喰う

さあ針魚くねりつつホラ天婦羅に

種芋の鋭き芽伸び生命満つ

幼な子の手の平からも放流す

三月　〈中国広州吟行〉広州・中国大酒店

孫文の春いづこにや裸足の子

春うらら六千年の暮し方

春市場喧嘩の如き御挨拶

四月

囀りの途切れて深き森戻る

囀って姿も見せて目立つ奴

ゆく春や乳房しっとり重くなり

函館も岩手も散って啄木忌

五月

鯉のぼり風の形に泳ぎけり

鯉のぼり畳めば目ン玉だけになり

蝙蝠の影逆光の月の中

渓流のしぶきに山女が光った

六月

山崩れ橋も落ちたり五月晴

生き疲れ暑さ疲れで転倒す

夏帽子見えつ隠れつ土石流

七月　〈日本橋三越吟行〉「大句会」

朱一点竹箸の天ところてん

夕立や踏切り待つ間の濡れっぷり

屋上に涼風もあり百貨店

八月

未来とは硯を洗う幼い手

雁皮紙に洗った硯包みおり

秋の声正しく年をとれという

香るとも匂うともいえ花臭木《くさぎ》

九月　〈札幌吟行〉「大句会」札幌・共済ホール

秋風や戊辰の役を語りつぐ

鮭還る母を訪ねて数千里

「爽」という文字一文字の北海道

十月

数珠玉をロザリオにして無信心
数珠か珠数どっちだったかと念仏講
鯨解く漁師鼻歌歌いつつ
肌寒く心も寒く高齢者
松手入れ終えて床屋に出かけたり

十一月

狼に化けて吠えてる狐かな
音たてて風吹きぬける枯木の絵
偲ぶ会重なる夜の冬の蝶

十二月

〈忘年句会〉横浜・揚子江

風邪声の淫美なること激しさも
聖戦も聖歌もあって年の暮
九条をそらんじながら除夜の鐘
とぼとぼと契約切れのサンタかな

平成二十一年＝二〇〇九年

一月

スケート嬢心ゆくまで開脚す

スカートをスケート靴がひろげおり

天と地と大根と皆堂々と

寒月に吠えて狼照れており

Yes I Can 冬空の星条旗

二月

公魚や串脳天を貫けり

公魚やカチンコチンと並べたり

雛市や三人官女だけ欲しい

指先きを見よ残雪が消えてゆく

三月

道行きや紗幕の遠見霞立つ

ゴビ砂漠上海経由の霞立つ
桜えび不調の義歯に残る足
瞼閉じ目指すは闇の沈丁花
橋の下ボート漕ぐ声大反響

四月

突風に八十八夜の香り立つ
手の平に溢れて今日も薬の日
爪立てて形相必死鶏合せ
啼き声の無きまま巣箱落ちにけり

五月

夏場所や異國の力士勝ち名乗り
夏場所でグルジア・ロシアを叩きつけ
夏やせやうちの宗匠恋わづらい
早乙女の豊かな尻のすこやかさ
どくだみも頼りに食後の薬呑む

六月

カタコトの介護士優し梅雨寒く
五月雨や一人暮しの窓を打つ
サングラスずり落ちたまま夢の中
必殺技南無阿弥陀仏蠅叩き
夏山に向い小声でヤッホー

七月

人生もつまづきながら閑古鳥
店名を閑古鳥にして倒産す
小刻みにふるえる右手髪洗う
山百合と訃報と句集供えけり

八月

立秋を左右に裂いて選挙カー
あくまでも暦の上の秋立ちぬ
老々介護お白粉花の髪飾り

九月

振り返る地球は遥かかぐや姫

満月や帝を振ったかぐや姫

ウツという字が書けぬ秋彼岸

昼めしが思い出せない夜長かな

十月

渡り鳥見上げてそのまま卒倒す

渡り鳥お前等行くのか帰るのか

「やや寒」と小声で口に出してみる

火祭りのナマ中継を終ります

十一月 〈日本橋三越吟行〉「大句会」

七五三、八九三《やくざ》の孫も愛らしく

今まさに時雨んとする気配なり

メトロ降り湯タンポ売場一直線

十二月　〈忘年句会〉横浜・揚子江

気ぜわしくただ気ぜわしく十二月
遠くから汽笛聖夜の中華街
ＸＭＡＳ喧騒の中神孤独
赤い靴いいじいさんとクリスマス

平成二十二年＝二〇一〇年

一月

水洟こすりあげてから泣きわめく
水仙は「凜」という字の似合う花

二月

ラグビーや楕円形した春隣
草野球ファールボールとふきのたう
深呼吸五臓六腑が冴返る
雉子鍋に猿と犬もいれてみる

四月

豆凧を胸ポケットから出して揚げ

一陣の風点になり消えた凧

シュワシュワと咬む音がする蚕棚

大皿に納まりかねる桜鯛

五月

馬と馬券が一陣の風となる

ダービーを夢みる仔馬の瞳の光

三枚におろされて鯖鮮やかに

梅雨冷えやふとよろめいて立ちくらみ

加賀銘菓宇治の新茶と届きけり

六月

大安の叔父の詩吟や夏終る

噂だよ蛍が出るという噂

鮎下る千曲川から信濃川

十薬《どくだみ》や何故かよだれの多い朝

七月

河童忌や小粋な女の江戸仕草
木片《こっぱ》の火丸く囲んで河童の屁
西瓜のタネとばしそこねて飲み込めぬ

八月

初嵐天気予報のいい女
甲子園九回の裏初嵐
猛猛し歯をむき迫る暑さなり
蟲籠に虫がいなくて七回忌

九月

字足らずのまま生きてきて子規忌
ある筈の品見当らず無月かな
なまんだぶナマンダブとて曼珠沙華
力無く啼き納めたり法師蟬

秒針の音が気になる夜長かな

十月

今日も又偲ぶ会あり秋深し
みの虫や看とられる人看とる人
西日さす障子の影の吊し柿
色鳥や三途の川の空高く

十一月

朝寒や尼僧素足で走り去る
放たれて仔犬うさぎにまっしぐら
どうみても俺のことらし冬の蝶
庄内の刺子時雨の中にあり

十二月 〈忘年句会〉神保町・揚子江菜館

つまづいてよろけて一人年詰る
年詰る近づいてくる救急車
なべやきの匂う古書店老主人

綿入れの衿かきあわせ咳ひとつ

平成二十三年＝二〇一一年

一月

はずむ筈無しわかって手毬つく

大寒や行方不明の股間かな

風花や幼き瞳見定める

二月

勧進帳そは如月の十日の夜

如月や生老病死の四面楚歌

菜の花や大学入試の列がゆく

上る船下る舟あり春の川

西行忌何が在《おわ》すか知らねども

四月

しゅんでいいとルビ振ってみる液状化

葉脈が生命を唄う桜餅

行く春やただわけもなき急ぎ足

五月

夏めくや節電という暗い街

淫美なり裸になった柏餅

銀蠅の羽音近づき小蠅散る

筍や皮をむかれて艶っぽく

六月

桑の実や紫の歯の坊や達

白南風の好きな海賊カリブ海

七月

夕焼は紅《くれない》 茜《あかね》 緋《ひ》 赤《あか》 朱《しゅ》

夕焼けの絵葉書誰に出そうかな

蓮の葉をコロコロキラリ滴落つ

祭り終え素袷の肌伝う汗

女房が俺のステテコはいている

八月

天の川星の流れる音遠く

新しき靴で見あげる天の川

秋扇閉じて追善供養なり

朝顔の明日咲くのとしぼむのと

九月

みの虫よ生老病死どのあたり

さあ啼くぞホラ啼いただろうみの虫も

この人に看取られるのか萩一輪

大津波語り伝える夜長かな

十月

葉の先に露の生まれる時を見る

曾祖父は日露戦争の露と消え

おしろい花一輪差しで枯れており

秋暑し出かける靴をはき直す

すきやきの具の順番でもめるなよ

平成二十四年＝二〇一二年

一月

手を締めてさておもむろに初句会

かじかんだ手で書いているビラ「絆」

炭団《たどん》って字は昔からこうだったっけ

二月

火の色を透して焼ける干鰈

干鰈さいてる指の美しさ

水ぬるむ一寸嬉しい熱帯魚

三月

新しき墓の並んで海のどか

幼き手音色優しき紙風船

今日のより旨い昨日のしじみ汁

四月

長髪の女頭上に春嵐

肌と肌あわせしふたりの春嵐

二十四の瞳並べて入学す

森をぬけ林をぬけて花えにし

被災地を訪ねる遍路かボランティア

五月

濃淡のみどり織部で新茶喫《の》む

遠来の銘菓を出して新茶吸う

金魚鉢爪といでいる野良猫と

生老病死歩き続けた素足かな

冷夏の噂東電にやり

六月

檜の香添えて鰻重届きけり

思い切って今夜おうなにしませんか
簾越し色白の肌黒い陰
宗匠は青梅育ち梅の枝
梅雨晴れ間光の速度数億年

七月

下心あって濃い目のサングラス
平和とはペットごときのサングラス
日傘クルクル宇宙クルクル
夏の蝶そっちは海だぞどこへゆく

九月

ゴールには主を待ってる車椅子
赤とんぼパラリンピックの上に舞う
振り返る鬼灯の主とスカイツリー

十月

秋深し大きな嘘をついてみる

見下して見上げて金比羅祭かな

新米のとぎ汁香る台所

赤とんぼ夕陽に溶けて消えにけり

十一月

神無月スカイツリーの似合う月

赤い糸ほつれて出雲の神無月

冬の空突きぬけた果ての地球

枯葉舞え落ち葉わくら葉みんな舞え

十二月

〈忘年句会〉航空会館フルーゼハウン

今そこに居たと思ったら師走だねェ

まづ真綿背負った上にランドセル

冬銀河黒のコートに赤マフラー

寒雀よく数えたら三羽いた

日記果つ今年もいろいろありました

変哲さんを偲んで

野良犬に餌づけ猫背の大道芸

平成二十五年＝二〇一三年

一月

初夢や十日おくれでまさゆめに

宝船三泊四日の長逗留

新しき鼻緒すげかえ初天神

日脚のぶ逆転トライ鮮やかに

氷柱が地球目指して落ちてきた

二月

今ひいた！とわかるところが春の風邪

雛壇につまずき廊下でその続き

字が読めてやっと「紫雲英」を納得し

このあざもこっちのあざもブランコです

三月

キャンバスをはみ出しミモザらしくなり

ミモザが咲いた貴女が散った

葉桜も見上げてやろう車椅子

草餅を喰い千切れない情けなさ

薄墨をさらに薄めて朧月

四月

悪よのぉ山吹色の重さかな

山吹の吹きぬけてゆく風送る

夏近し手紙ポストに落ちる音

五月

雪渓が赤く映えつつ闇に溶け

アカシアと偽アカシアが競いあう

玉ねぎを投げこむ孫に受ける孫

空梅雨の雨原発に降りそそぐ

八月

杯に花火映して口を吸う

捕虫網戦争知らぬ子供達

赤とんぼ右に曲ってゆく不思議

敗戦忌敵は幾萬ありとても

全身で西瓜の重み耐えにけり

九月

秋茄子や紫紺の色を喰い千切る

秋茄子や貫き通す串の音

稲干して話は又もＮＰＰ

秋団扇王の記録の消えた夜

風の盆胡弓の音色下駄の音

十月

ジャポニカという名の新米供えけり

新しき前かけもつけ米をとぐ

秋惜しむ裸足の廊下続きけり

後の月見ているつもりが見られてる

鞴《ふいご》という字を読めて祭も終りけり

十一月

原発無人勤労感謝の日

冬うららキムチを漬ける女房殿

帰り花咲け咲け俺の分も咲け

十二月 〈忘年句会〉神保町・揚子江菜館

年の瀬や闇に原発眠りけり

冬日差すボス猿光の中心に

冬の蠅やっと歩いてすべりけり

冬りんごこれスライダーのにぎり方

平成二十六年＝二〇一四年

一月

初景色虚しき男等都知事選

初の字のどこかにいった初景色

寒牡丹雪をかおって季重なり

祖母の香も母の香も添え春着かな

焼芋でへそあたためている坊やなり

二月

白魚の両目でつなぐ水平線

白魚はみずからの目に沈みけり

斑雪にハニューユヅルと書いてみる

球春に俺は戦力外通知

ほうれん草色失なって鍋の底

三月

遠足や針のゆれてる子はいるか

満天の星やキラキラ雲丹の針

長袖か半袖か蛙の目借時

四月

四月馬鹿続けて五月も六月も

ねたみつつそねみつつなり四月馬鹿

むせ香る菜飯をよそうかっぽう着

屁をひとつ続けてもひとつ春の雨

五月

卯の花やＮＥＷＳは暗くなるばかり

卯の花や他所者ばかりの夏祭り

そら豆は皮の裏まで青みたり

若の里遠藤並んで夏に入る

飛び魚が飛ぶやタッチョコ十文字

六月

一羽づつ北に向かって羽抜鳥

紫陽花が香って海は北鎌倉

巴里祭はセーヌと名乗る隅田川

ぼうふらも俺も同じの浮き沈み

七月

舳先の火音立てて燃え鵜がもぐる

長良川鵜舟並んで波焦がす

天地逆転全治二ヶ月ハンモック

逆光の中花芒花嵐

下腹部からしかと寝冷えの御案内

八月

無花果が散って八月十五日

無花果の絵を描き宿題終り

ピカドンを語り伝えて秋や澄む

稲妻の一瞬に知る親不孝

九月

三年を余生と決めて衣かつぎ

衣かつぎむく指先がままならず

こほろぎという座敷名の隠し芸

モネの蓮ゴッホの花火ボストン展

十月

車椅子列をつくってもみじ狩

紙おむつ納得のゆく烏瓜

出産に立ちあいますと秋の風

十一月

ふところ手こんなところに胸毛あり

ふところ手とはいえ堂々の仕度部屋

足跡に音を残して霜夜なり

国宝の古仏にみの虫含みたり

十二月 〈忘年句会〉神保町・揚子江菜館

一筋の線から生まれる初氷

初氷の薄さや地球の温暖化

看護師も介護士もいて顔見世に

冬の月看とる涙ににじみけり

賀状描き書いてメールで送りけり

平成二十七年≡二〇一五年

一月

七色の緑の濃淡かゆとなる

七草をアフタービートで叩きけり

冬ぼたんゆるきゃら如きに負けるなよ

二月

炭たどんパンダの如き雪だるま

炭たどん並べてあとは雪だるま

飛梅の香り残した絵馬を描く

なぜなのか孫哀しげな受験生

三月

来年は是非とも参上お水とり

吸い出して壺焼きの汁飲み終る

春三月親子三代猫の声

五月

米朝さんを偲んで

八十八を五七五で偲ぶ秋

自句自讃

かつて「子供電話相談室」という人気ラジオ番組があり、そこで「こども句会」。

選者は黒田杏子サンと僕で十年続いた。

その時、こども俳句のレベルが僕にピッタリしていると感じた。

小学生新聞の俳句欄にふさわしいのだ。

その子供のような句の自句自讃を。

この亀は啼くよ　啼くよと　大道芸

蛇も啼くというので口上の最後までつきあって妖しい薬を買わされたりして……。

その昔　座れば牡丹　今立てず

セーラー服の杉村春子さんが『女の一生』で「ドッコイショ」と立ちあがったという噂がありました。

去年今年　足かけ二年の立小便

雪がつもっていれば、オシッコで字を書いたりしましょう。

絵を描いて、自画自讃。

水洟を袖でふくんじゃありません。
袖口が光っていたものです。
ふく時に横にしごくから頬も光っていました。

冬の夜　思い出せないこと　みっつ
小学校の時、学校で忘れものばかりしていました。
大人になってパーキンソン病です。

陽炎の中からポパイが現れた
ホーレンソウの嫌いな子供でした。
ポパイが追いかけて来て、無理矢理口の中にいれる句です。

田楽を横にしごいて　しごけない
田楽を縦に喰べようとすると、串で口の中を突っつきます。
注意しましょう。

大根を抜こうとしたまま動けない
年をとるとギックリ腰も注意しましょう。
大根から手を離しましょう。

七五三　八九三の孫も　愛らしく
八九三はやくざ。

七五三は十五字。
八九三は二十字。役立たずです。

カタコトの介護士帰る　梅雨　寒し

「褥瘡」という字が読めなくてジャカルタに帰りました。
日本人だって読めません。

夏場所でグルジァロシアを叩きつけ

プーチンはグルジァをいじめるので大相撲で仇討ち。
視野の広い句です。

九条をそらんじながら除夜の鐘

憲法です。
百条あります。
除夜の鐘は百八ツです。

八十八夜　次郎長一家　なぐりこみ

静岡の茶畠に次郎長一家が育てたものがあります。
よく知ってましたね。

この辺に梅林があったんだよ　あったんだ

老人が「あった」といったら「ありました」といってあげましょう。
ボランティアです。

鯉のぼり　たためば目玉だけになり

箱の中に納めると、本当に目玉だけになりますね。
いいところに目をつけた句です。

みぞれの夜　色即是空の仲となる

小沢昭一サンという友達が「色っぽいことをした後は空しい」と教えてくれました。
友達は選びましょう。

独楽廻れ　廻って〳〵　止まるんじゃない

でも止まります。
止まりますが、気持が伝わってくる句です。

呑む　打つ　買う　卒業をして認知症。

こどもの句とは思えません。
おませな子はどこにでもいるものですね。

備前から唐津に注ぐとろろ汁

自分で作ったということを忘れて評判になった句です。
自分の句は覚えましょう。

看取られる筈を看取って寒椿

自句自讃、一句だけ選べと言われたら、この句です。
あとはロクな句がありません。

（『楽し句も、苦し句もあり、五・七・五――五百回、四十二年』
二〇一一年七月　岩波書店）

永六輔　略年譜

昭和八（一九三三）年四月

東京・浅草に江戸時代から続く最尊寺の次男として生まれる。幼少期は身体が弱く、病院で過ごす時間が長かった。

昭和十九（一九四四）年

第二次世界大戦の戦時下、長野県に疎開。

昭和二十（一九四五）年

〈敗戦〉

疎開先でのいじめなど辛い体験の後、敗戦を迎えて戻った東京は空襲で一面の焼け野原、生家の最尊寺も焼けてしまっていた。子供ながらの戦争体験は生涯を通して色濃く影響している。

昭和二十一（一九四六）年

早稲田中学に編入学。

昭和二十三（一九四八）年

中学三年でＮＨＫラジオ『日曜娯楽版』にコントの投稿を始めるとたびたび採用され、番組常連投稿者となる。

昭和二十七（一九五二）年

早稲田大学入学。『日曜娯楽版』制作者・出演者である三木鶏郎氏に誘われ、〈トリロー文芸部〉に入り、放送の世界へ。

大学在学中に放送作家として多忙を極めるようになり、テレビには実験放送から関わる。

昭和二十八（一九五三）年

〈テレビジョン放送開始〉

昭和三十（一九五五）年

結婚。

昭和三十三（一九五八）年

日本テレビ『光子の窓』開始（構成）。

昭和三十四（一九五九）年

ラジオ関東『昨日のつづき』開始（構成・出演）。当初は作家として参加していたが、台本を書くより自分で喋ってしまったほうが早い、と自ら出演するようになり、これが日本で初のフリートークの番組となった。

作曲家・中村八大に偶然声をかけられ、作詞を始める。

初めて作った『黒い花びら』が第一回レコード大賞受賞。

昭和三十五（一九六〇）年

〈安保闘争〉

仕事をさしおいてデモに参加。

昭和三十六（一九六一）年

ＮＨＫ『夢であいましょう』開始。作・構成・「今月の歌」の作詞を手がける（〜一九六六年）。その後も、数々の番組を手がけ、テレビの草創期を担う存在となる。

『上を向いて歩こう』リリース。後に、日本国内のみならず海外でもヒットする。

昭和三十七（一九六二）年

『遠くへ行きたい』リリース。以後、『こんにちは赤ちゃん』（第五回レコード大賞受賞）、『見上げてごらん夜の星を』など、数々のヒット曲を生む。

『上を向いて歩こう』が日本語詞のまま全米ヒットチャートで三週連続一位の快挙。

昭和三十九（一九六四）年

〈東京オリンピック開催〉

昭和四十二（一九六七）年

ＴＢＳラジオ『永六輔の誰かとどこかで』開始。

多分野にわたっての活動を繰り広げながら、本人が最も中心に据えていたのは、ライフワークとしてきたラジオであった。自ら黎明期を支えたテレビはある時点から距離を置くようになったが、ＴＢＳラジオ『永六輔の誰かとどこかで』は四六年九ヶ月という長きにわたって番組を続けた。その後も同タイトルの特別番組は不定期ながら二〇一六年まで続き、放送回数は一万二六三八回。

昭和四十四（一九六九）年

「東京やなぎ句会」の発足メンバーとなる。自宅住所にちなみ、俳号・並木橋を名乗る。発足時メンバーは、ほかに入船亭扇橋（光石）、江國滋（滋酔郎）、大西信行（獏十）、小沢昭一（変哲）、桂米朝（八十八）、永井啓夫（余沙）、三田純市（道頓）、柳家小三治（土茶）、矢野誠一（徳三郎）。のち、神吉拓郎（尊鬼）、加藤武（阿吽）が加わった。

この頃「話の特集句会」も始ま

る。

昭和四十五（一九七〇）年

読売テレビ（日本テレビ）『六輔さすらいの旅・遠くへ行きたい』開始。

ＴＢＳラジオ『永六輔の土曜ワイドラジオＴｏｋｙｏ』開始（〜一九七五年）。

昭和四十九（一九七四）年

小沢昭一・野坂昭如と共に「中年御三家」として歌手活動。そのコンサートは、日本武道館を満席にする。

昭和五十一（一九七六）年

尺貫法復権運動に奔走する。メートル法の施行によって尺貫法が禁止となった。古来長く使われてきた尺貫法の使用や曲尺鯨尺の販売が処罰の対象となってしまう状況に疑問を呈し、日本の伝統を支える全国の職人たちの仕事が立ち行かなくなることを世の中に広く訴え、尺貫法の復権に貢献した。

子供の頃の戦争体験の影響もあり、常に権力や体制に疑問の目を向け、おかしいと思ったことには声を上げる「反骨の人」でもあった。

また、弱い立場の側に身を置くという精神から、全国各地でのボランティア活動にも積極的に参加した。

昭和五十四（一九七九）年

ＮＨＫ『ばらえてぃテレビファソラシド』（構成・出演／〜一九八二年）。

昭和五十六（一九八一）年

転居に伴い、俳号を六丁目に改名。

平成二（一九九〇）年

父・忠順、亡くなる。

平成四（一九九二）年

日本テレビ『２×３が六輔』（構成・出演／〜一九九三年）。

平成六（一九九四）年

著書『大往生』（岩波新書）が二四〇万部のベストセラー。

平成七（一九九五）年〈阪神淡路大震災〉

被災障害者支援団体〈ゆめ風基金〉の立ち上げに尽力。

平成十一（一九九九）年

母・登代、亡くなる。

平成十二(二〇〇〇)年

菊池寛賞受賞。

平成十四(二〇〇二)年

妻・昌子に先立たれる。

平成二十二(二〇一〇)年

パーキンソン病を公表。思うように言葉が出なくなるなどの症状を抱えつつその後も多くのリスナーをもつラジオ番組のメインパーソナリティであり続けた。

平成二十三(二〇一一)年

〈東日本大震災〉

第五三回日本レコード大賞・功労賞受賞。

平成二十六(二〇一四)年

第五五回(二〇一三年度)毎日芸術賞・特別賞受賞。

平成二十七(二〇一五)年十月

TBSラジオ『六輔七転八倒九十分』開始。

平成二十八(二〇一六)年六月

同番組　終了。一九六七年から四九年にわたって途切れることなく続いたラジオの冠番組がこれをもってすべて終了する。

同年　七月七日

東京・渋谷の自宅にて死去。自身最後の冠番組となった『六輔七転八倒九十分』が終了した一〇日後のことであり、生涯現役を貫いた。

同年　十二月

第五八回日本レコード大賞・特別功労賞受賞。

＊東京やなぎ句会、話の特集句会の記録および『大往生』『親と子』（以上、岩波新書）、『妻の大往生』（中央公論新社）などをもとに、家族が選んだ二千句余りを、詠まれた年代順に収めた。但し、いくつかの年代不明の句については、詠まれた年月を推測して掲載した。なお、季語がその月と一致していない場合もある。

＊俳句が詠まれた時代背景や作品価値に鑑み、原文通りに掲載した。

永　六輔

一九三三年、東京浅草に生まれる。本名、永孝雄。早稲田大学文学部在学中より、ラジオ番組や始まったばかりのテレビ番組の構成に関わる。放送作家、作詞家、司会者、語り手、歌手、ラジオパーソナリティなどとして、多方面に活躍。

『芸人たちの芸能史』(番町書房)、『わらいえて』(朝日新聞社)、『無名人名語録』(講談社)、『遠くへ行きたい』(文藝春秋)、『六・八・九の九』(中央公論社)、『もっとしっかり、日本人』(日本放送出版協会)、『大往生』『二度目の大往生』『職人』『芸人』『商人(あきんど)』『夫と妻』『親と子』『嫁と姑』『伝言』(以上、岩波新書)など、著書多数。

六輔　五・七・五

二〇一八年　一月二六日　第一刷発行
二〇一八年　三月一五日　第二刷発行

著　者　永《えい》　六《ろく》輔《すけ》

発行者　岡本　厚

発行所　株式会社　岩波書店
〒101-8002　東京都千代田区一ツ橋二-五-五
電話案内　〇三-五二一〇-四〇〇〇
http://www.iwanami.co.jp/

印刷・三陽社　製本・牧製本
函・半七印刷/加藤製函所

　ISBN 978-4-00-002603-1　Printed in japan